춘향전과 한국문화

지은이 **김 진 영** 金鎭英 jin@khu.ac.kr

서울대학교 대학원 국어국문학과 문학박사

경희대학교 국어국문학과 교수

국어국문학회 대표이사

판소리학회, 한국한문학회 평의원

경희대학교 중앙도서관장

지은이 **서 유 석** 徐有奭 anywhereman@khu.ac.kr

경희대학교 대학원 국어국문학과 박사수료

경희대학교, 군산대학교 강사

국어국문학회, 판소리학회 간사

춘향전과 한국문화

초판 인쇄 | 2008년 1월 28일
초판 발행 | 2008년 2월 5일

지은이 | 김진영 · 서유석
펴낸이 | 박찬익
디자인 | 이영희
일러스트 | 박지윤

펴낸곳 | 도서출판 **박이정**
　　　　서울 동대문구 용두동 129-162 (우 130-070)
　　　　전화 | 02-922-1192~3
　　　　팩스 | 02-928-4683
　　　　홈페이지 | www.pjbook.com
　　　　이메일 | pijbook@naver.com
　　　　온라인 | 국민 729-21-0137-159

등록일자 | 1991년 3월 12일
등록번호 | 제 1-1182호

값 12,000원

춘향전과 한국문화

김진영 · 서유석 지음

박지윤 그림

도서
출판 박이정

머리말

바야흐로 한류의 바람이 거세게 일고 있다. 중국과 일본 등 이웃 나라를 넘어 세계 여러 나라로 퍼져가고 있다. 이제 세계인들은 한국어와 한국문화를 주목하게 되었다. 이를 위해 한국어 학습이 국내외 대학에서 붐을 이루고 있다. 더 나아가 한국문화의 매력에 이끌려 이를 이해하고 몸소 체득하려는 움직임도 다각도로 전개되고 있다. 휴대폰, 자동차를 비롯한 세계 1류 첨단 제품의 구매력에 이어, 이제는 한국의 드라마와 영화, 식품 등 한국 상품들이 세계인들에게 큰 매력을 주고 있는 것이다.

필자는 한류의 지속적 성장과 한국문화의 세계화에 크게 기여할 수 있는 것은 바로 한국의 전통문화콘텐츠라고 여겨왔다. 한국 사람과 한국문화를 제대로 아는 지름길이 바로 한국어와 한국 사람의 삶을 담아내고 있는 한국문학 및 한국문화에 대한 깊이 있는 이해라고 생각하기 때문이다.

기왕의 한국어 학습자를 위한 한국어 교재는 주로 우선 의사소통 기능에 치우쳐 있다. 작품 하나도 전편을 제시한 것은 찾아보기 어려웠다. 따라서 본격적으로 한국문학과 문화의 깊이에까지 이른 것은 드문 형편이다. 이 점에 착안하여 이 책은 한국의 대표적인 판소리 소설《춘향전》을 쉽고도 알차게 풀어서 외국인들이 한국어와 한국문

화를 학습하는 데 유용하도록 편찬한 것이다. 동시에 한국 언어문화의 보고인 《춘향전》과 같은 고전작품을 중등학교 수준으로 풀어서 어려운 고전 명작을 우리 학생들도 통독할 수 있도록 배려하였다.

국어교육은 단지 언어기능교육이기만 한 것이 아니라 문화를 포함한 인간교육이 중심이 된다. 아무쪼록 이 책이 중등국어교육이나 외국어로서의 한국어 학습에 유용한 교재가 되었으면 좋겠다.

2008년

김진영 · 서유석

Preface

Nowadays, the strong wind of "Korean Current" has been blowing. It has flown from near countries such as China and Japan to various parts of the world. The world acknowledges the Korean language and culture. Universities and colleges in these countries including Korea teach the Korean language. Moreover those countries which are internationally fascinated with Korean culture try to understand and experience it through diversified links. They are also attracted by Korean high technology goods such as cell phones and automobiles, and Korean cultural products such as dramas, films, foods and so on.

I have thought that Korean traditional cultural contents would contribute to the consistent development and the globalization of the Korean culture. To appreciate Korean people and culture, they need to have deep understanding of the Korean literature and culture showing and revealing the Korean language and their lives.

The existing Korean texts for the ones to learn Korean have focused on communication. Those texts do not contain any kind of whole work but only parts

of it as an example. Accordingly, it is rare to find any texts dealing with what we call Korean culture and literature actually. Considering these points, this text is compiled to make the novel *Chunhyang-jeon* easy and useful for foreigners to acquire the Korean literature and culture. This valuable text is also available for Korean secondary students because the novel has been revised for the easy understanding.

The education of the Korean language does not just give us a chance to learn a language itself, but also its culture and humanity. I hope that this text would help the secondary students and foreigners who learn Korean.

前言

正当韩流的狂潮席卷中日、并蔓延向世界的其他角落之时，韩国语和韩国文化渐渐受到世人的瞩目。因此，在国内外的众多大学里掀起了韩国语学习的热潮。受到韩国文化魅力的感染，亲自体验这种文化的冲动也在各方面展开。

从购买手机、汽车等世界一流的尖端产品开始，如今韩国电影电视、食品等的魅力也逐渐被世人所接受。

深入地了解韩国语及韩国人生活中蕴含着的韩国文学和文化是一条真正能够了解韩国人与文化的捷径。因此，笔者认为韩流的这种持续性升温和韩国文化的国际化发展主要归功于韩国的传统文化。

现有的韩国语教材多是以培养语言沟通能力为先，而整篇收录文学作品的却极其少见。从这一点上可以说对韩国文学和文化正式地深入探讨仍十分罕见。着眼于此，本书将韩国清唱的代表作《春香传》重新解释，使之浅显易懂却不失原作的饱满，成为外国人学习韩国语以及韩国文化的有利工具。同时，将类似《春香传》这样的被视为韩国语言文化宝库的古典名作改编为中学水平的程度，也同样适合于我们的学生朋友们阅读。

国语教育不仅仅是关于语言能力的培养，而且是以蕴含着文化的人性教育为中心的。笔者十分期待着此书能够成为有助于中学国语教育或是对外韩国语教育的教材。

2008

作者

序文

　まさに韓流の空氣がつよく起こっている。中国と日本等となりの国境を越えて世界の多くの国へ広まっている。今世界の人々は韓国の国語と韓国の文化を注目になっている。そして韓国語の学習が国内と国外の大学に人氣がある。そこに韓国の文化の魅力に引かれてこれを理解し、自ら体得しようと動向まで多角度と展開される。

　ケータイ、自動車といっしょに世界の一流の尖端製品の購買力にとって、今韓国のドラーマと映画、料理等韓国の商品たちが世界人へ大きな魅力をくださる。

　本人は韓流の持續的な成長と韓国の文化の世界化におおきく其餘できることはちょうど韓国の伝統文化のコンテントとおもいきった。韓国人と韓國文化を完全にしる近道はちょうど韓国語と韓国人の人生を盛り込んだ韓国文学と韓国文化に対する深い理解と思うことなんです。

　既往の韓国語の学習者のための韓国語の学習書は主に意思疏通の技能にかたよっている。一片の作品の全篇を提示な教材は探すことがむずかしい。したがって本格的に韓国文学と文化の深さに達すことはまれな形便だ。そしてこれに着眼してこの本は韓国の代表的な小説な<春香伝>をやすく充實に解釋して外国人たちが韓

国語と韓国文化の学習に有用ように編纂したことなんです。同時に韓国の言語文化の宝庫で＜春香伝＞のような古典作品を中等学校の水準で解いて難しい古典名作を韓国の学生たちも通読ことができように配慮したんである。

　国語の教育はただ言語技能の教育でばからない。文化を包含した人間教育を中心とする。くれぐれもこの本が中等国語教育あるいは外国語としての韓国語の学習に有用な教材ができことを願う。

2008

著者

차례
Contents

《춘향전》 작품 소개

　《춘향전》은 한국의 대표적인 고전 소설입니다. 사람들의 입에서 입으로 전해지던 여러 가지 옛 설화에 이야기가 덧붙어 오늘날의 《춘향전》이 되었습니다. 그래서 책마다 전해지는 내용에 조금씩 차이가 있습니다. 또한 춘향전은 한국의 대표적 노래 공연 양식인 '판소리'로 불려 오늘날까지 공연되고 있습니다. 이 작품은 한 사람만을 변함없이 사랑하는 굳은 마음에 대한 찬사를 보내며, 힘없는 백성을 괴롭히는 관리에 대한 저항과 풍자를 보여 줍니다.

　《춘향전》은 사람들 사이에서 재미있는 이야기로 전해져 내려오던 여러 종류의 설화들을 중심으로 구성되었습니다. 한 남자에 대해 정조를 지킨다는 열녀 설화, 원통하게 죽은 여인의 넋을 달랜다는 신원 설화, 암행어사가 권력자나 부자의 횡포로부터 약자의 한을 풀어준다는 암행어사 설화, 기생과 양반의 자제가 사랑한다는 염정 설화, 관리가 평민의 여자를 빼앗으려 한다는 관탈민녀형 설화 등이 복합적으로 어우러져 《춘향전》이라는 하나의 이야기를 만들어 낸 것 입니다.

　이렇게 하나의 이야기로 구성된 《춘향전》은 먼저 판소리 〈춘향가〉로 만들어졌습니다. 판소리란 한 사람의

창자가 북으로 반주를 해주는 고수와 함께 '판'이라는 넓
은 공간에서 다양한 인물의 역할을 수행하며 노래와 이야
기를 섞어 진행하는 1인극으로 지극히 한국적인 전통을 가지
고 있는 공연 양식입니다.

  수많은 판소리 명창들을 통해 전해지던 《춘향가》는 사람들이 쉽게 읽을 수 있는 독
서물로 바뀌어 《춘향전》이 되었습니다. 이러한 《춘향전》은 조선 후기 가장 인기 있는
독서물 중 하나가 되어, 서울과 전주, 그리고 안성을 중심으로 출판되기도 했습니다.
또한 《춘향전》은 여러 사람들이 돌려 읽고, 그대로 베껴 적어내면서 기본 줄거리는
비슷하지만 세부적인 이야기가 조금씩 다른 여러 종류의 《춘향전》 이본이 만들어지기
도 했습니다.

  《춘향전》은 춘향과 몽룡의 사랑이라는 주제를 보여주고
있지만, 그 안에 담긴 내용은 단순한 사랑 이야기에 그치
지 않는 많은 이야기들을 담고 있습니다. 비
록 양반의 후손이지만 어머니가 기
생이기에 기생일 수밖에 없
는 춘향은 자신의 사랑을 지
키기 위해 변학도의 수청 요
구를 거절합니다. 이러한 이
야기 구조는 《춘향전》이 단
순한 사랑 이야기만을 담고

있는 것이 아니라 신분제의 문제점을 지적하고 이에 대해
저항하는 모습으로도 해석할 수 있습니다. 즉 관리의 횡포
와 신분제의 모순을 춘향이라는 인물의 저항을 통해 드러내
고 있는 것입니다.

하지만 《춘향전》은 마지막에 모든 갈등이 해소되는 축제와 같은 모습을 보여줍니
다. 어사출두 이후, 춘향은 사랑하는 사람을 다시 만나 기쁨을 누리고, 춘향 어머니
월매도 이에 동참하여 춤을 춥니다. 이러한 축제적 분위기는 춘향이 가지고 있는, 동
시에 그 당시 민중들이 가지고 있는 한을 축제로 풀어내는 모습을 보여줍니다.

결국 《춘향전》은 지극히 한국적인 삶의 모습을 담고 있는 고전입니다. 사랑이라는
커다란 주제 안에서 사회의 문제점과 모순을 지적하고 이
를 축제로 해결하는 모습은 슬픔과 괴로움을 그대로 두지
않고 능동적으로 해결하려는 한국문화의 특징을 잘 드러
내고 있습니다.

Introduction to Chunhyang-jeon

Chunhyang-jeon is a typical classic novel. It is produced from various old folk tales spread and added by word of mouth. That's why the present *Chunhyang-jeon* has a lot of different versions. *Chunhyang-jeon* has been played as 'Pansori' which is a representative of Korean narrative musical form. It shows a love story of being faithful to only one person. It is also a kind of satire of resistance to the official who suppresses the weak.

Chunhyang-jeon is consisted of various kinds of folk tales handed down from interesting narratives. Namely, it is a work mixed with multiple narratives: a virtuous woman narrative about being faithful to only one man, an appealing narrative for God who cures a resentful dead woman, a royal secret investigator narrative that the investigator works off the weak's grudge against the rich, a narrative of passion between a nobleman and a singing and dancing girl(Gisaeng), a narrative in which a government official seduces a plebian's wife, and so on.

Chunhyang-jeon made of one plot began to be played as Pansori. Pansori is a traditional monologue: a traditional narrative singer(a person sings 'Chang') chants a narrative to play multiple roles with a traditional drummer('Gosu') in a broad field('Pan').

The Pansori of *Chunhyang-jeon* transmitted by lots of noted singers has been changed into the easy and comfortable novel *Chunhyang-jeon*. The novel was popular exceedingly in the late of Chosun Dynasty and was publicized in Hanyang,

Jeonju, and Ansung provinces. It was also transformed into many different versions containing similar plots and different details because people read and copied it repeatedly and by turns.

Though *Chunhyang-jeon* represents a love between Chunhyang and Lee Mongryong, it treats various and rich topics. Chunhyang is an offspring of a noble family, but becomes a Gisaeng descended from her mother. She rejected to attend on Byun Hak Do(a district magistrate) at night. This structure expresses a beautiful love story, but also reveals the problems of a status system and the resistances to it. Chunhyang is a figure who struggles against the oppression of an official and the contradiction of the system.

But *Chunhyang-jeon* indicates a kind of festival to solve all the complications in the final scene. After an appearance of the royal secret investigator, Chunhyang has a pleasure to see her lover again. And her mother(Walmae) danced with people together for joy. The mood reflects on the way that people payed off grudge(Han) in the form of a festival as well as the contents of which the work contains.

Ultimately, *Chunhyang-jeon* is a typical classic to represent Korean traditional lives. In other words, it displays a feature of Korean culture, which criticizes a social problem and contradiction within an expansive theme of love, and copes with the sorrow and suffering actively in the form of a festival.

《春香传》
作品介绍

  《春香传》是韩国古典小说的代表作。今日的《春香传》是在融合了一些口头流传的传说的基础上而形成的，因此每版的内容之间会有些小小的出入。同时，《春香传》以"讲唱"的形式—韩国传统的歌唱表演形式—上演至今。作品中赞美了忠贞不二的爱情，同时还讽刺了官吏鱼肉百姓的恶行。

  《春香传》是以被作为民间趣闻而流传下来的各种传说为中心综合而成。为了一个男人坚守贞操的烈女传说、安抚冤死的女人的灵魂的伸冤传说、监察御使锄强扶弱的微服私巡传说、妓女与贵族子弟相恋的艳情传说、官吏强抢民女的传说等，这许多民间传说综合而形成了《春香传》这个故事。

  这个综合而成的春香传故事，首先是作为《春香歌》以"讲唱"的形式表演。所谓"讲唱"[pan-so-ri]，是一种由一名演唱者和一名鼓手在被称为"pan"的宽阔空间里面表演。具体的由演唱者一个人在击鼓的伴奏下，通过演唱和对话的形式扮演多个人物，这是及其能体现韩国传统的"一人剧"表演形式。

  众多"讲唱"的名角代代相传的《春香歌》最终成为了通俗易懂的《春香传》。《春香传》并且还在以首尔、全州和安城为中心出版，成为朝鲜后期最为畅销的读物之一。当时，《春香传》被几经转手传阅，每版手抄本的中心内容大致相同，但在具体的故事情节上会有一些变动。

  《春香传》的内容主要以春香和李梦龙之间的爱情故事为主线，不光是爱情小说并蕴含了很多其他的小故事。春香虽身为贵族的后代，但母亲的妓女身份使得春香也不得不沦为妓女身份，尽管如此春香仍然为了坚守自己的爱情而拒绝了卞县令的垂青。在这一点上说明了《春香传》不仅仅是一段爱情故事，还可以解释为披露身份制度的弊端、积极与身份制度抗争的故事。或者说，通过春香这一人物，充分揭露了官吏的胡作非为和身份制度下所产生的矛盾。

《春香传》最后的大团圆结局解决了一切的矛盾与纷争。李梦龙出人头地，得以与春香团圆并且幸福生活，连春香的母亲月梅也一起跳起了欢快的舞蹈。在这种庆典的气氛中春香的恨、以及当时百姓们共同的恨都在庆典中被化解。

《春香传》是一部极其体现了韩国生活面貌的古典作品。在"爱"这个大主题之下，披露了社会问题和矛盾，并且用庆典的方式将之化解。这正好体现了"不会置悲伤和痛苦而不顾，而是主动地去解决它"的韩国文化的特征。

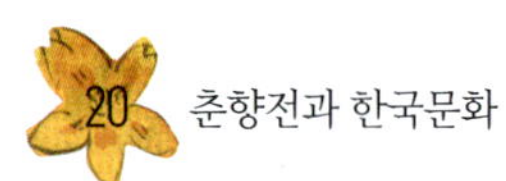

<春香伝>
作品紹介

　<春香伝>は韓国の代表的な古典小説です。人々の口コミで伝わっていったたさまざまな昔の説話に話が加えて今の<春香伝>になりました。それで内容に少しずつ差がでます。また春香伝は韓国の代表的な伝統芸能である'パンソリ'と呼ばれて今日まで公演されています。この作品は一人を相変わらず愛する心に賛辞を送って，力無い庶民をいじめる管理に対する抵抗と諷刺を表しています。

　<春香伝>は人々に面白い物語で伝わっていったたさまざまな説話を中心に構成されました。一男に対して貞操を守るという<烈女説話>、口惜しく怨めしく死んだ女人の魂をなぐさめるという<身元説話>、暗行御史が権力者や金持ちの横暴から弱者の恨みを晴らしてくれるという<暗行御史説話>、芸者と両班の自制が愛するという<艶情説話>、管理が平民の女を奪おうと思うという<官奪民女型説話>などが複合的に合わせて<春香伝>という一つの物語を作り上げたことです。

　こんなに一つの物語で構成された<春香伝>は始めにパンソリ<春香歌>に公演されました。パンソリというのはひとりの唱者が鼓手の打つ長短（拍子）に合わせて、'パン'という広い空間で多様な人物の役目を遂行して歌と話を交ぜて進行する1人劇で極めて韓国的な伝統を持っている公演様式です。

　多くのパンソリ名唱たちを通じて伝わっていった<春香歌>は人々が易しく読める読み物に変わって、<春香伝>になりました。このような <春香伝>は朝鮮後期、人気ある本の一つになって，ソウルと全州，そして安城を中心に出版されました。また<春香伝>は多くの人々が回して読んで，そのまま引き写して書き出しながら、大筋は似ているが、少しずつ内容に差があるういろいろな種類の<春香伝>異本が作られたりしました。

　〈春香伝〉は春香と夢竜の愛という主題を表しているが，その中には単純な恋愛物語ではなく、もっと多い話を盛り込んでいます。たとえ両班の子孫だが、お母親が芸者だから芸者であるしかない春香は自分の愛を守るために'卞学道'の守庁を断ります．このような話の構造は〈春香伝〉が単純な愛の話ではなく、身分制の問題点を指摘して、これに対して抵抗する姿で解釈することができます。すなわち管理の横暴と身分制の矛盾を春香という人物の抵抗を通じて現わしているのです。

　しかし〈春香伝〉は終わりにすべての葛藤が解消される祭りのような姿を見せてくれます．御史出頭の以後、春香は愛する人にまた会って喜んで、香お母さんの月梅は踊ります。このような祭りの雰囲気は春香が持っている、同時にその頃庶民が持っている'ハン'を祭りで解く姿を見せてくれます。

　結局〈春香伝〉は極めて韓国的な生の姿を盛っている古典です。愛という大きな主題の中で社会の問題点と矛盾を指摘して、これを祭りで解決する姿は悲しみとつらさをそのまま置かないで能動的に解決しようとする韓国文化の特徴をよく現わしています。

등장인물 소개

춘향 …

남원 고을에서 아름답기로 이름난, 기생의
딸입니다. 한 사람만을 사랑하는 마음 굳은
열여섯 살 소녀입니다. 양반 댁의 몽룡과
사랑에 빠진 뒤, 한양으로 떠난 몽룡을 그
리워하며 변 사또의 괴롭힘을 이겨냅니다.

이몽룡 …

아름다운 춘향을 보고 첫눈에 반해 결혼을 약
속했습니다. 아버지가 한양으로 부름을 받아
함께 따라간 뒤, 과거 공부에 힘씁니다. 하루
빨리 나라의 관리가 되어 춘향을 당당하게 부
인으로 맞이하기 위해서입니다.

월매 …

춘향의 어머니입니다. 한때 인기가 있었
으나 지금은 일을 그만둔 나이 든 기생입
니다. 사또를 모시기를 거절한 춘향이 옥
에 갇히자, 몽룡이 와서 구해주기를 간절
히 바랍니다.

변학도 …

몽룡의 아버지가 한양으로 떠난 뒤, 새로
남원 고장을 돌보러 내려온 관리입니다. 그
러나 백성의 살림은 돌보지 않고 기생들부
터 불러 모으며, 약자를 괴롭히는 욕심 많
은 사람입니다.

방자 …

몽룡의 하인입니다. 익살스럽고 행동에
거침이 없으며, 몽룡과 춘향의 사랑을 맺
어주는 역할을 합니다. 남원에서 춘향의
편지를 이몽룡에게 전해주러 가다 어사가
된 몽룡을 처음 알아봅니다. 거침없는 행
동 덕에 어사는 비밀을 지키기 위해 방자
를 잠깐 운봉옥에 가둬둡니다.

향단 …

춘향의 몸종입니다. 춘향과 언제나 붙어 다
니면서, 춘향과 그의 어머니 월매를 자신의
식구처럼 걱정해 줍니다. 어사가 된 이몽룡
을 월매가 알아보지 못하고 괄시하지만 향
단이는 정성껏 대접합니다.

Characters

Chunhyang

She is known as a beautiful daughter of a Gisaeng in Namwon town. She is sixteen years old and resolves to love only one person. After falling in love with Lee Mongryong of a royal family, she yearns for him in Hanyang Province and gets out of the oppression of the district magistrate.

Lee Mongryoung

He is charmed by beautiful Chunhyang and promises to marry her. But he must come to Hanyang because of his father's promotion, and he should study hard for the state examination. He hopes to become a government official as soon as possible and to marry Chunhyang in state.

Walmae

She is a Chunhyang's mother. Having been popular in the past, she is now a retired Gisaeng. As Chunhyang rejects the district magistrate's claim and is in prison, Walmae wishes for Lee Mongryong's help earnestly.

Byun Hakdo

He is a new district magistrate to govern people in Namwon as a successor of Lee Mongryong's father. But he is a very greedy person who doesn't manage the town and wants to satisfy his desire, for instance, to enjoy with Gisaengs.

Bangja

He is a servant of Lee Mongryong under the control of Namwon Government. He is a comic and outspoken character and plays an important role to match Chunhyang and Mongryong together. As he sends Chunhyang's letter to Mongryong, he spots Mongryong who become a royal secrete investigator. Because of Bangja's outspoken personality, Mongryong puts him in prison to keep the secret mission.

Hyangdan

She is a maid of Chunhyang. She always follows Chunhyang and takes care of Chunhyang and Walmae devotedly. Walmae fails to recognize Lee Mongryong as a royal secrete investigator and neglects him. Hyangdan, however, welcomes and attends on him.

出场人物

春香

妓女的女儿，在南原县以美貌闻名。忠贞不二的十六岁少女。在与两班公子梦龙相爱之后，一心思念着远赴汉阳的梦龙，与恶官卞县令的压迫抗争，最终获得胜利。

李梦龙

与美丽的春香一见钟情、私订终身。随父亲赴任汉阳之后，为科举一心苦读。为的只是早日加官进爵能够堂堂正正地迎娶春香过门。

月梅

春香之母。曾经是红极一时的名妓，因年老色衰而从良。春香拒绝侍奉卞县令之后，终日苦心期待梦龙回来营救春香。

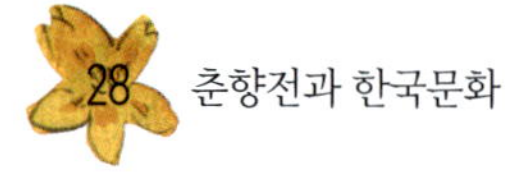

卞县令

梦龙的父亲赴任汉阳之后，南原县新到任的县官。他对于民众的死活置之不理，却成天沉迷女色，欺负弱者，是好色贪心之人。

房子

梦龙在南原县衙的仆人。幽默、草率，扮演了为梦龙与春香搭桥牵线的角色。为春香送信给梦龙去的路上，与成为钦差大臣的梦龙初次相遇。由于房子的行动过于草率，为了保守秘密梦龙不得不暂时将他关入监狱。

香丹

春香的贴身丫环。与春香形影不离，把春香和母亲月梅看作自己的家人，为他们操心。月梅不知道李梦龙已成为了钦差大臣，虽然有些看不起他，却还是殷勤地招待了他。

登場人物

春香

南園郡で美しいと有名な,妓生の娘です。ひとりばかりあいしていて心が固めた十六歳の少女。貴族の家門の夢竜と愛に落ちます。あとで漢陽へ行った夢竜をこいしがってビョン使道の拷問を勝ちます。

李夢竜

美しい春香を見て一目で惚れて結婚を約束しました。父親が漢陽へ呼びいられて一緒にいって、科擧試驗の準備に精出します。早く國の官吏になって、春香を堂々と妻とむかえため

月梅

春香の母親です。ひととき人気があったが、今は仕事をやめた、年を取った芸者です。'卞学道'の守庁を断った春香が監獄に閉じこめられると, 夢竜が来て春香を求めてくれるのを切に望みます。

卞学道

夢竜の父親が漢陽(ソウルの古称)に去ったた後、新たに南原へ下って来た管理です。しかし庶民の暮しは面倒を見ないで、芸者を呼び起こして、 弱者をいじめる欲張る人です。

房子

南原官煬に属している夢竜の下人です。こっけいで滑らかな行動で、夢竜と春香の愛を結んでくれる役目をします。南原で春香の手紙を李夢竜に伝えに行って、御史になった夢竜を初めて見分けます。彼の滑らかな行動のせいで、御史は秘密を守るために房子を雲峰獄(雲峰にある監獄)に閉じこめておきます。

香丹

春香の下女です。春香といつも付き添いながら、 春香と彼の母親の月梅を自分の家族のように心配してくれます。 御史になった李夢竜を月梅が見違えて無視するが、香丹は真心のもてなしをします。

작품의 줄거리

몽룡은 남원 고장을 다스리는 이 사또의 아들입니다. 언제나 공부를 열심히 하던 몽룡은, 어느 봄 단옷날 하인 방자와 함께 경치 구경을 나섭니다. 그러다가 선녀처럼 그네를 뛰며 노는 춘향의 모습을 보고 한눈에 반해 버립니다.

방자를 통해 춘향을 불러다 만난 몽룡은, 곧바로 춘향의 집으로 찾아가 춘향의 엄마를 만나고 결혼 약속을 정합니다. 그리고 둘은 밤마다 계속 만남을 가집니다.

그러나 몽룡은 아직 공부하는 학생이고 나이가 어립니다. 때문에 부모님의 허락이 없이 마음대로 결혼을 하기가 힘듭니다. 더욱이 몽룡은 나라에서 관리를 뽑을 때 치는 시험을 아직 보지도 못했습니다. 그래서 둘이 헤어지는 것은 예정된 일이었습니다.

　몽룡의 아버지인 이 사또는 관리의 직급이 올라 가족을 데리고 한양으로 올라가게 됩니다. 몽룡은 눈물을 흘리며 춘향과 이별을 하고, 다시 만날 때의 정표로 쓰기 위해 옥으로 만든 반지와 거울을 주고받습니다.

　이때부터 춘향의 고생이 시작됩니다. 새로 남원 고장에 내려온 변 사또는 욕심이 많고 백성들을 괴롭히며, 고장을 잘 다스리는 데에는 별로 관심이 없었습니다. 그는 춘향이 아름답다는 소문을 듣고 데려다가 자기의 첩으로 삼으려 합니다. 그러나 춘향은 몽룡을 기다리고 있기 때문에 변 사또의 청을 들어주지 않습니다. 이에 화가 난 변 사또는 춘향을 고문하고 옥에 가둡니다.

　춘향의 목숨은 이제 바람 앞의 촛불이 되었습니다. 이때 마침 과거 시험에 합격하고 암행어사가 된 몽룡은 남원 고장으로 떠납니다. 그리고 춘향을 구해내기 위한 계획이 시작됩니다. 과연 춘향은 오랜 기다림에 대한 보답을 받을 수 있을까요?

Synopsis

Lee Mongryong is a son of the district magistrate who governs Namwon. While striving for learning, he goes out and enjoys the scenery with his servant(Banja) on the Dano festival in Spring. As he finds Chunhyang sitting in a swing like a fairy shape, he falls in love with her.

Supported by Bangja, Lee Mongryong can meet Chunhyang and call for her mother at once. And then he promises to marry her at the spot. Both enjoy having a time every night.

But Lee Mongryong is still a young student. He can't marry her without his parents' permission. Moreover, he must pass the state examination for an official. That is why he is expected to part with her.

His father goes to Hanyang with his family for promotion. As Lee Mongryong follows his father, he is sorry to part with Chunhyang. He gives Chunhyang a jade ring as a token of his love, which they can recognize each other at any places.

After a sad separation, Chunhyang has a hard time. The new district magistrate comes to govern people in Namwon, but he doesn't care for managing the town but suppressing people for only his avarice. Having heard of beautiful Chunhyang, he wants to make her his mistress. But Chunhyang doesn't accept his demand because

she looks forward to meeting Lee Mongryong. Angry at her refusal, the district magistrate commands to torture her and to be her in prison.

Chunhyang is in danger of her life as a candle flickering in the wind. At this point, Lee Mongryong becomes a royal secret investigator and leaves for Namwon. He plans to relieve Chunhyang from the magistrate. Can Chunhyang be rewarded for a long waiting and suffering?

故事梗概

梦龙是治理南原地区的使道之子。一心只读圣贤书的梦龙在某日与仆人房子一同外出赏景。途中偶遇犹如仙女般荡着秋千的春香，一见钟情。

梦龙派房子唤来春香终得以一睹芳容，当即登门拜访了春香的母亲并与春香定下了婚约。就这样，梦龙与春香相约在每个夜晚。

然而，当时的梦龙还只是个乳臭未干的学生而已。因此，梦龙的终身大事必须获得父母的允许。加之梦龙尚未参加科举考试，这更注定了两人的离别不可避免。

梦龙的父亲李使道升官之后便举家迁往汉阳。在梦龙与春香挥泪告别之际，双方各以玉戒指和镜子作为再次相见时的信物。

春香的苦难也从此开始了。南原新来的卞县令专横贪婪、鱼肉百姓，对于治理南原却毫无兴趣。卞县令听闻春香的美貌，欲纳其为妾，然而一心等待梦龙的春香却拒绝了他的请求。卞县令怒火中烧，严刑考问春香并将其打入监狱。

此时的春香犹如风中残烛，生命危在旦夕。与此同时，梦龙科举高中官封钦差大臣，启程赶往南原。来到南原，梦龙开始了援救春香的计划。春香长期坚守的爱情果然能够得到回报吗？

はなしのすじ

　夢竜は南原を治める李使道の息子です。いつも熱心に勉強をしていった夢竜は、ある春の端午、下人の房子とともに景色見物を出かけます。そうするうちに天女のようにぶらんこを乗りながら遊んでいる春香の姿を見て、一目惚れしてしまいました。

　房子を通じて春香を会った夢竜は、すぐに春香の家に尋ねて春香の母親に会って結婚約束を決めます。そして二人は毎晩ずっと出会いを持ちました。

　しかし夢竜はまだ勉強する学生で年が幼いです。だからご両親の許諾がなしにわがまま結婚をするのが大変です。さらに夢竜はまだ科挙（管理の登用試驗）の試験を受けません。それで二人の別れは決まっている事でした。

　夢竜の父親である李使道は管理の職級が上がって、家族を連れて漢陽に上ることにしました。夢竜は涙を流して春香と別れをして、また会う時の証で玉で作った指輪と鏡を取り交わしました。

　この後、春香の苦労が始まります。新たに南原に来た便使道は欲心が多くて庶民をいじめて、村をよく治めるにはあまり関心がなかったでした。彼は春香が美しいといううわさを聞いて、連れて来て自分の妾にしようとと思います。しかし春香は夢竜を待っているから、便使道の請いを聞き入れないです。ここに腹立った便使道は春香を拷問して監獄に閉じこめます。

　春香の命はこれから風前のともしびのようでした。この時、ちょうど過去試験に合格して暗行御史になった夢竜は南原に帰ります。そして春香を求め出すための計画が始まります。果して春香の長い待ち時間に対する報答を受けることができましょうか。

제 **1** 장

조선시대 숙종대왕 즉위 초에 있었던 일입니다. 그 시절은 임금이 나라를 잘 다스려 평화로운 때였습니다. 거리에는 아름다운 노랫소리가 울려 퍼지고 백성들은 풍요로운 생활로 삶에 걱정이 없던 좋은 시절이었습니다.

이때 한양 삼청동에는 이한림이라는 양반이 있었습니다. 그는 훌륭한 집안 출신이요, 충성스러운 신하의 후손으로서 덕망이 높았던 사람입니다. 하루는 임금께서 충신과 효자에 관한 기록을 올리게 하여 보시고는 그중 진정한 충신과 효자를 가려내어 지방관으로 임명하시는데, 이한림에게는 남원 부사를 제수하시었습니다. 남원에 부임한 이한림은 남원 백성을 위하는 마음이 컸으며, 백성을 위해 일했습니다. 그래서 이 고장 사람들은 하나같이 이한림을 칭찬하고 존경했습니다.

이한림에게는 아들이 하나 있었습니다. 이름은 몽룡이라고 했습니다.

이몽룡 도령의 나이는 올해 열여섯 살입니다. 글을 잘 짓고 얼굴이 잘생겨서 많은 사람들이 이 도령을 부러워했습니다.

도령은 공부를 잘할 뿐만 아니라 효자이기도 했습니다. 아침저녁으로 부모님께 인사를 드리는 것은 물론이고, 손에서 책을 놓는 일이 없었습니다. 그러나 도령은 아직 한창 젊은 나이였습니다. 그래서 때로는 시를 읊거나 노래하기를 즐기고, 놀기도 좋아하는 성격 밝은 소년이었습니다. 아름다운 여자를 보면 마음이 흔들리는 청춘이었던 것입니다.

계절의 여왕이란 5월이 되었습니다. 음력 5월 5일 단옷날이 되자 나뭇가지마다 꽃이 활짝 피고 버드나무 가지는 길게 늘어져 시원한 그림자를 만들었습니다. 아름다운 봄이 되자 모든 동물과 식물이 저마다 즐거워하였습니다. 너구리는 새끼를 낳고 두꺼비도 알을 낳았습니다. 멀리 보이는 산속의 숲은 밤새 비를 맞아 싹이 돋았습니다. 뒷동산이 푸르러서 꾀꼬리는 노래를 부르며 자기 짝을 찾아다녔습니다. 봄바람에 놀란 나비와 벌은 이 꽃 저 꽃으로 날아다녔습니다.

봄은 모두가 새로워지고 마음이 설레는 계절입니다. 더군다나 단오와 같은 명절이 되면 하던 농사일도 잠시 쉬면서 처녀 총각들은 마음이 들뜨고 외로운 홀아비와 과부는 새벽달을 보면서 외로운 신세를 한탄하는 시절이었습니다.

이때 이 도령도 단옷날의 즐거움을 참지 못하고, 나들이를 나가기 위해 방자를 불러다 물었습니다.

"이 고을 어디 좋은 구경할 만한 데 없느냐?"

방자가 되물었습니다.

"글공부를 하시는 도련님이 좋은 데 찾아 무엇 하시려오?"

"네가 모르는 말이구나. 좋은 글은 아름다운 강과 산줄기와 하늘을 두루 둘러보고 그것을 보며 느낀 다음에 나오는 것이다. 잔말 말고 일러라."

방자가 대답했습니다. 방자는 남원의 경치 좋은 곳을 노래로 일렀습니다.

동문 밖 나가시면 장림 숲 선원사가

서문 밖 나가시면 관왕묘가 위풍당당

남문 밖 나가시면 광한루, 오작교, 영주각

북문 밖 나가시면 연꽃 같은 봉우리와 기이한 바위 가득한 교룡산성

어느 곳에 가시렵니까?

"네 말이 그렇다면 광한루에 가보고 싶구나. 그러면 광한루로 구경을 나갈 테니 앞장서라."

방자는 솔로 잘 닦은 나귀를 끌고 돌아왔습니다. 이 도령은 나귀를 타고,

방자가 나귀의 **고삐**를 끌면서 두 사람은 **타박타박** 봄나들이를 나갔습니다.

　뒤뚱뒤뚱 걸어서 광한루에 이르렀습니다. 도령은 **뒷짐**을 지고 경치를 구경했습니다. 얼마 동안 돌아다니다 도령은 방자를 불러 말했습니다.

　"이곳이야말로 세상에서 가장 좋은 **풍경**이로구나."

　그러자 방자가 이야기했습니다.

　"경치가 너무나 좋기 때문에, 날씨가 맑으면 구름도 춤을 추고 어떨 때는 **신선**이 내려와 놀기도 한답니다."

　"경치가 이렇게 좋으니 정말 그럴 만도 하다."

　방자의 말을 듣고 이 도령은 고개를 끄덕였습니다.

　이 도령은 광한루에서 보이는 아름다운 경치에 감탄하며 시를 한 수 지어 읊었습니다.

　　드높고 맑은 오작교의 배

　　광한루의 **옥계단**이로다.

　　하늘의 **직녀**는 어느 누구이던가?

　　흥이 지극하니 오늘 내가 바로 **견우**로다.

단어 | 單語 | words

조선(朝鮮)	1392년부터 1910년까지 한반도에 있었던 나라 이름. Chosun Dynasty
즉위(卽位)	임금의 자리에 오름. accession to the throne
다스리다	집안이나, 사회, 나라 따위를 잘 통제하여 운영해나가다. rule a country
평화(平和)	평온하고 화목함. peace
울려 퍼지다	소리 따위가 울려 널리 퍼지다. vibrate
풍요롭다	흠뻑 많아서 넉넉함이 있다. be rich
한양(漢陽)	서울의 옛 이름, 한성(漢城)이라고도 한다. a old name of seoul
충성(忠誠)스럽다	임금이나 국가에 대하여 진정으로 우러나오는 정성이 있다. loyal
신하(臣下)	임금을 섬기어 벼슬하는 사람. a vassal, a retainer
후손(後孫)	자기 뒤의 자손들. descendants
덕망(德望)	사람들에게 인심을 얻어 쌓은 신임과 마음. moral influence
임금	나라를 다스리는 왕을 일컫는 말. a king
충신(忠臣)	나라와 임금을 위해 충성을 다하는 신하. a loyal retainer
효자(孝子)	어버이를 잘 섬기는, 효성이 지극한 아들. a devoted son
지방관(地方官)	지역의 행정 사무를 맡아보는 공무원. a local government official

임명(任命)	일정한 지위나 직책을 남에게 맡김. appointment
부사(府使)	조선 시대에 설치한 부(府) 단위 지역을 다스리던 관리. official in charge of local administration of a count(district)
제수(除授)	임금이 바로 벼슬을 주는 것. appointment
부임(赴任)	임명을 받아 근무할 곳으로 감. proceeding to one's new post
칭찬(稱讚)	좋은 점이나 착하고 훌륭한 일을 높이 평가함. praise
존경(尊敬)	남의 훌륭한 행위나 인격 따위를 높이어 공경하는 것. respect
도령	양반 집안의 결혼하지 않은 남자. 혹은 결혼하지 않은 남자. a bachelor
한창	어떤 일이 가장 활기 있고 왕성하게 일어나는 때. 또는 어떤 상태가 가장 무르익은 때. the height
청춘(靑春)	젊은 시절. the springtime of life
단옷날(端午−)	음력 5월 5일의 명절. The Tano Festival (on the fifth day of the fifth lunar month)
설레다	마음이 가라앉지 아니하고 들떠서 두근거리다. feel uneasy
명절(名節)	해마다 일정하게 지키어 즐기거나 기념하는 때. festival
들뜨다	마음이나 분위기가 들썩거리다. 흥분하다. walk on air

홀아비	아내가 죽었거나 떠나버린 남자. a widower
과부(寡婦)	남편이 죽어서 혼자 사는 여자. a widow
시절(時節)	~하기 알맞은 때, 혹은 계절. an occasion, an opportunity
나들이	집을 떠나 가까운 곳에 잠시 다녀오는 일. going out
방자(房子)	예전에 지방 관청에서 부리던 남자 하인. a servant
고을	옛날에 관청이 있던 지방의 중심지. a district
구경	흥미나 관심을 가지고 봄. seeing, sightseeing
되묻다	다시 똑같은 말을 묻다. ask again
두루	빠짐없이 골고루. without exception
잔말	쓸데없이 자질구레하게 늘어놓는 말. useless talk
위풍당당(威風堂堂)	풍채나 기세가 위엄 있고 떳떳함. be majestic
오작교(烏鵲橋)	칠월 칠석날 저녁에 견우와 직녀의 두 별을 만나게 하기 위하여 까마귀와 까치가 모여 은하(銀河)에 놓는다는 다리. The Bridge of a magpie & a crow
기이(奇異)하다	보통과 달라서 놀랍고도 이상하다. strange
고삐	소나 말을 부리기 위해서 소의 코뚜레나 말의 재갈에 매어 손으로 잡고 끄는 줄. reins.
타박타박	힘없는 걸음으로 조금 느릿느릿 걸어가는 모양. ploddingly
뒤뚱뒤뚱	크고 묵직한 물체나 몸이 중심을 잃고 이리저리 가볍게 기울어지며 자꾸 흔들리는 모양. totteringly

단어 | 單語 | words

뒷짐	두 손을 등 뒤로 잦혀 마주 잡는 일. folding one's hands behind one's back
풍경(風景)	경치. a landscape
신선(神仙)	인간 세상을 떠나 어떠한 노력으로 신기한 재주를 얻은 사람이나 인간 세계가 아닌 신기한 세계에서 산다는 신비로운 존재. a Taoist hermit with super-natural powers, a hermit
옥계단(玉階段)	옥으로 만들어진 계단. a jade stairs
직녀(織女)	베짜는 여자. 혹은 견우직녀 설화에 나오는 여자 주인공. a woman weaver
흥(興)	재미나 즐거움을 일어나게 하는 감정. fun
견우(牽牛)	소 기르는 남자. 혹은 견우 직녀 설화에 나오는 남자 주인공. the herdsman

판소리

광한루 만남

　판소리란 한국 고유의 음악극 양식 가운데 하나입니다. 부채를 들고 소리로 공연을 하는 가수 한 사람을 '창자' 즉 소리꾼이라고 하며, 이 소리에 북 장단을 맞추어 주는 공연자 한 사람을 가리켜 '고수' 라고 합니다. 즉 판소리는 소리꾼이 북소리에 맞추어 노래와 말과 몸짓을 섞어 가며 긴 이야기를 엮어 가는 음악극입니다.

　판소리에서 판이란, 한 판 두 판, 즉 넓은 마당을 놀이판으로 삼아 '판을 벌인다' 는 뜻에서 왔습니다. 곧 판놀음으로 하는 소리 연극이라는 뜻입니다.

　판소리는 한국의 전통예술의 특징 가운데 하나인 '자유로움' 과 '즉흥성' 이 잘 나타나 있는 연극 양식입니다. 즉흥성이란 보통의 연극이나 영화에서 대본에 미리 짜여 있지 않은 이야기, 즉 애드리브를 떠올리면 이해하기 쉽습니다. 이것은 판소리의 대본이 기둥 줄거리만 같고, 사이사이 삽입된 이야기는 소리하는 사람마다 임의로 덧붙이거나 바뀌는 것이 허용되었음을 뜻합니다. 그때그때 공연될 때마다 이야기가 달라질 수 있다는 것은 판소리의 특징이자

장점이기도 합니다.

  판소리는 18세기 초에 생겨났다고 전해지며, 18세기 중간에는 이미 완성 단계에 이르렀다고 합니다. 그러나 그 기원은 훨씬 오랜 옛날의 여러 무가나 무대 양식에서 비롯됩니다. 오랜 옛날부터 사람들의 입에서 입으로 전해져 오던 설화를 그 뿌리로 하여, 역시 전해져 내려오는 노래나 감동을 주기 위한 삽화 등 많은 문화적 요소들을 첨가하여 변해 온 것입니다. 그래서 판소리는 그 형성 과정 자체가 역사적으로 의미를 갖고 있는 문화의 총결산과도 같습니다.

  판소리 공연은 서민적인 감정을 담은 경우가 많지만, 19세기 전성기를 맞이했을 무렵에는 양반 즉 귀족들을 청중으로 하였습니다. 그래서 양반들의 감정에 맞게 내용이 조금씩 수정되기도 했으며, 표현 방법에 있어서 양반의 문화에 좀 더 접근하려 했습니다. 그리하여 19세기 후반에는 마침내 왕실에서도 공연하게 되었다고 합니다.

  판소리는 음악성과 문학성을 모두 갖고 있는 예술 장르입니다. 또한 전통 음악의 규제나 억압에서 탈피했다는 특성이 있으며, 기성세대의 권위에서 벗어나려고 했습니다. 또 민속성과 더불어 현대의 분위기와 사상에 맞게 지속적으로 변해 갈 가능성이 있습니다. 그 때문에 판소리 예술은 한국을 대표하는 본격 예술이라고 할 수 있습니다.

  판소리는 극적 성격을 갖고 있다는 점에서 서양의 오페라와 비교할 수 있습니다. 조금 다른 점이라면, 관객들이 대체로 엄숙하고 웅장한 오페라를 보면서 함께 웃고 떠들거나 눈물을 흘리는 일은 없다는 것입니다. 한국의 판소리는 듣는 사람이 함께하는 음악극 양식이기에, 누구나 쉽게 가담하여 주인 공들과 웃고 우는 공감대를 나눌 수 있습니다.

한국의 판소리에는 열두 가지 이야기가 있습니다. 이 책의 이야기를 노래 극으로 꾸민 〈춘향가〉와 함께, 〈심청가〉, 〈흥보가〉, 〈수궁가〉, 〈적벽가〉, 〈변 강쇠타령〉, 〈옹고집타령〉, 〈무숙이타령〉, 〈강릉매화타령〉, 〈장끼타령〉, 〈배 비장타령〉, 〈가짜신선타령〉 등입니다. 그러나 현재는 〈춘향가〉, 〈심청가〉, 〈흥보가〉, 〈수궁가〉, 〈적벽가〉만이 불립니다.

판소리는 소리꾼의 독무대가 아닙니다. 북을 치는 고수가 없이는 소리꾼이 있을 수 없다고 할 정도로 고수는 중요한 존재입니다. 고수는 오케스트라와 도 같은 '반주자'의 역할을 하면서, 동시에 '지휘자'로서의 구실도 합니다. 때로는 소리꾼과 말을 주고받는 상대 배우로서의 역할도 합니다.

판소리에서 또 하나 중요한 것은 추임새입니다. 판소리를 즐기는 데에는 무엇보다도 신명이 나야 합니다. 추임새는 공연 중간중간에 적절한 곳에서 '얼씨구' '좋다' '그렇지' 등과 같은 감탄 언어를 넣어 주어 가수의 흥을 돋 우고 듣는 사람을 소리판에 함께 어울리게 끌어들이는 역할을 합니다. 아무 때나 소리를 지르면 되는 것이 아니라 시기적절하게 극의 효과를 최대한으로 끌어올리는 일을 해야 하므로, 이 추임새도 공연의 중요한 일부라 할 수 있습 니다.

Pansori

Pansori is a form of Korea's traditional music drama. The performer who sings with a fan in one's hand is called *'Changja'*, or *'sorikkun'*, both meaning singer in Korean. The other performer who plays the drum to the song is called *'gosu'*. The sorikkun sings and talks with body gestures to the rhythm of the drum, telling long stories to the audience.

The word *pansori* is derived from the word *'pan'*, meaning spacious ground field often used as a place for entertainment. In other words pansori means putting on a music drama at a large field.

The two main features of Korean traditional art, freeness and improvisation, are shown well in *pansori*. Usually improvisation can be linked with theaters or movies where actors add in lines or acts that were not previously arranged. Same is with *pansori*, where only the main story line is set and each *sorikkun* is allowed to modify or change episodes inserted. This also means that for each performance, there will be different version of the story, and this is a distinctive characteristic and point of

excellence of *pansori*.

It is thought to be in the early 18th century when *pansori* was performed for the first time, and half a century later its format became almost complete already. However, its origin can be found from various shamanic dances and stage performances from the past. The tales passed on from generation to generation over a long period of time were added with songs and episodes which were also orally transmitted, and being mixed with other cultural factors had formed pansori we know today. Such process itself holds historical significance as an accumulation of Korean culture.

Pansori can be compared with opera of the western culture, in a sense that both are a form of drama. The difference between the two is that the audience rarely laugh, talk or cry together while watching a grand and solemn opera. Korea's *pansori* is a music drama where anyone listening can easily join in and share their emotions with the performer and everyone else.

제 **2** 장

　이때 마침 이 마을에는 춘향이라는 **어여쁜** 기생이 살고 있었습니다. 춘향은 **은퇴**한 기생인 월매의 하나뿐인 딸로, 아버지는 이전의 남원 부사였던 성 **참판**이었다고 합니다. 예전에 성 참판이 남원 부사로 왔을 때에 월매와의 사랑 속에서 낳은 아이가 춘향입니다. 결국 춘향에게는 반쯤 양반의 피가 흐르는 셈입니다.

　그래서 그런지 춘향은 무슨 일에든 태도가 **당당하며 꼿꼿하였습니다**. 그리고 시를 짓거나 그림을 그리거나 악기를 연주하고 **수를 놓는** 등, 양반집 딸들이 하는 공부를 했습니다. 그런 까닭에 춘향은 아름다운 얼굴 때문만이 아니라 뛰어난 **재주**로도 유명했습니다.

　춘향은 **그네**를 뛰러 나가기 위해 옷을 차려입고 얼굴을 꾸미고 있었습니다. 먼저 **아리따운** 얼굴에 아리따운 눈썹으로 엷게 **분**을 바르고 눈썹을 그렸습니다. 춘향의 빨간 입술과 하얀 이는 하룻밤 **이슬**에 반쯤 피어난 복숭아꽃 같았습니다.

　그런 다음 검은 머리카락을 반달 모양 빗으로 살살 빗어 땋았습니다. 머리 끝에는 자줏빛 **댕기**를 **맵시** 있게 묶었습니다.

　옷도 **비단**으로 만든 것을 곱게 차려입었습니다. 치마에는 잘게 **주름**을 잡아 입고, **무명**으로 만든 **버선**을 신었습니다. 발에는 **자수**를 놓은 신발을 신었으며, 손가락에는 옥으로 만든 반지를 끼고 귀에는 귀걸이를 끼었습니다.

허리 아래로는 **주렁거리는 노리개**를 매달았습니다. 옥으로 만든 작은 칼에는 화려한 **술**을 달아 다섯 색깔 비단실을 꿰었습니다. 이렇게 꾸미고 나니 누가 보아도 마음을 빼앗길 만한 모습이었습니다.

그런 다음 춘향은 **몸종** 향단이를 데리고 길을 나섰습니다. 겹겹이 솟은 푸른 산으로 올라갔습니다. 그러는 동안 손가락으로 꽃을 주르륵 훑어서 따다가 계곡물에 띄워 보기도 했습니다. 두 손으로 시냇물의 조약돌도 덥석 쥐어다가 꾀꼬리에게 던져 보기도 했습니다. 꾀꼬리는 **푸드덕** 날갯짓을 하며 저 멀리 날아갔습니다.

이렇게 봄 경치를 즐기며 올라가다가 춘향은 그네 앞에 이르렀습니다. 그넷줄은 무척 길었습니다. 그렇게 긴 그넷줄을 고운 손으로 갈라 쥐고 춘향은 힘차게 발을 굴렀습니다. 몸은 점점 높이 솟아 공중에 솟구쳤습니다. 그 모습은 마치 바람에 날아가는 한 송이 꽃같이 보였습니다. 또는 하늘나라의 아름다운 **선녀**가 구름을 타는 모습과도 비슷해 보였습니다.

너무나 아름다운 까닭에, 누군가가 지나가다 이 모습을 보았다면 분명 이 세상 사람이 아니라고 생각했을 것입니다.

춘향이 그네를 뛰며 놀고 있을 때였습니다. 이 도령은 산과 냇물을 구경하며 머릿속으로 멋진 시를 한 구절 쓰고 있었습니다. 그러다가 저 멀리에서 어떤 미인이 그네뛰기를 하는 모습을 보았습니다. 그 순간 도령은 넋을 잃어버리고 말았습니다. 그러다가 궁금증을 못 이기고 방자의 **소매**를 잡아당겨 물었습니다.

"얘, 얘 방자야."

　도령이 놀라움으로 턱을 덜덜 떠는 것을 보고, 익살맞은 방자는 그것을 흉내 내어 자기도 따라서 덜덜 떨었습니다.

　"예, 예."

　방자가 턱을 떠는 것을 보자 도령은 우스웠습니다.

　"이놈아, 나는 떨 일이 있어 떨지만 너는 무슨 일로 떠느냐?"

　"그거야 윗물이 맑아야 아랫물도 맑은 법이니까요. 도련님이 떠는 걸 보니 저도 감기가 들었는지 벌렁벌렁 떨립니다."

　"그런 소리 관두고 이리 좀 오너라."

　"무엇 때문에요?"

　"저기 보이는 저게 무엇이냐?"

　방자는 도령이 무엇을 가리키는지 알고 있었습니다. 하지만 도령을 조금 놀려 주고 싶어서 일부러 고개를 갸우뚱해 보였습니다.

　"어디에 무엇이 보인다는 겁니까?"

　"저 건너에 보이는 게 무어냐? 선녀가 내려온 것 같구나."

　"선녀가 여기 왜 있습니까?"

　"그러면 금이냐?"

　"금이 여기 왜 있습니까?"

　"그러면 옥이냐?"

　"옥이 여기 왜 있습니까?"

　"그러면 해당화냐?"

　"해당화가 여기 왜 있습니까?"

“그러면 귀신이냐?”

“귀신이 여기 왜 있습니까?”

이렇게 여러 번 말을 해도 방자가 계속 **딴청**을 부리자, 이 도령은 마침내 벌컥 화를 내었습니다.

“그럼 저게 무어란 말이냐?”

그제야 방자는 놀리는 것을 그만두고 웃으며 대답해 주었습니다.

“다름이 아니오라, 기생 월매의 딸 춘향입니다. 마음이 곧아서 기생 구실을 안 하고 시를 지으며 그냥 남들 집 아이와 다름없이 크고 있지요.”

“그렇구나! 한번 가까이에서 보았으면 좋겠구나. 방자야. 네가 가서 불러오너라.”

방자는 뒷머리를 **긁으며** 말했습니다.

“그러기는 좀 어렵습니다.”

“무엇이 어렵단 말이냐?”

“춘향이의 빼어난 아름다움은 이 고을에 널리 알려져 있지만, 그런 만큼 **고상하고 새침**하기 때문에 남자가 부른다고 쉽게 올지 모르겠습니다.”

“모르는 소리 마라. 눈부신 백옥과 빛나는 황금에는 저마다 임자가 있는 법이다. 잔말 말고 불러와라.”

방자는 도령의 말을 듣고 그네 쪽으로 허둥허둥 달려갔습니다. 그리고 그네를 뛰는 춘향을 보고 목소리를 높여 불렀습니다.

“춘향아! 춘향아!”

부름을 들은 춘향은 깜짝 놀라 그네에서 내려왔습니다.

"누가 날 부르느냐?"

춘향이 돌아보았습니다. 부른 사람은 사또 댁 종인 방자였습니다. 방자는 큰일이라도 난 것처럼 춘향에게 성화를 부렸습니다.

"큰일 났다. 빨리 가자!"

"몹쓸 녀석, 사람을 왜 그렇게 놀라게 하느냐? 그네를 뛰는 것은 내 맘인데 너의 도련님께 일러바치기라도 한 거냐?"

"그네를 뛰는 건 안 보이는 데에서 너나 혼자 뛸 것이지, 누가 이렇게 광한루 가까운 데서 잘 보이게 뛰라더냐? 사또 아들이신 도련님이 산 좋고 물 좋은 경치를 보려고 광한루에 올랐다가, 짙푸른 숲에서 그네를 뛰는 너를 보고 불러오라 하셨단다."

춘향은 고개를 돌리며 선뜻 나서지 않았습니다.

"너 같으면 모르는 남자가 부른다고 쉽게 따라갈 수 있니?"

“너무 **드세게** 굴지 마라. 가기만 하면 아리따운 네 얼굴과 태도로 도련님을
사로잡을 수 있을 텐데. 그렇게만 되면 도련님네 온갖 **보화**가 다 네 것이 될
지도 모른다.”

“갈 땐 가더라도 어머님께 말씀도 없이 갈 수는 없다.”

“애, 정말로 안 갈 테냐? 우리 도련님 평소에는 착한 사람이지만, 화가 나
면 호랑이 같은 사람이란다. 남원 고장을 다스리는 사또의 아드님이신데, 네
가 지금 안 가겠다고 하면 너의 어머니를 잡아다가 혼쭐을 낼지도 모른단
다.”

춘향은 얼마 동안 생각하는 듯 하다가 이윽고 말했습니다.

“꽃마다 앉아 노는 나비를 꽃이 어이 따라가겠느냐. 귀하신 도련님이 날 찾
아주시는 건 고마운 일이지만 쉽게 널 쫓아서 도련님께 갈 수는 없다. 도련님
께 ‘기러기는 바다를 따르고, 나비는 꽃을 쫓으며, 게는 구멍을 찾는 법’이라
고 말씀드려라.”

춘향은 이 말을 남기고는 같이 그네 타러 왔던 몸종 향단을 데리고 집으로
총총히 사라졌습니다.

방자는 춘향의 이 말이 무슨 뜻인지 전혀 알 수 없었습니다. 오히려 자기의
배우지 못함을 은근히 놀려 대는 말이라고 생각했습니다. 멀리서 도련님은
이쪽으로 오지 않고 사라지는 춘향을 보면서 발을 동동 굴러 댔습니다.

“도련님, 저는 춘향이한테 욕만 잔뜩 얻어먹고 왔습니다.”

“그게 무슨 소리냐?”

“기러기는 바다를 따르고 나비는 꽃을 쫓으며, 게는 구멍을 찾는다는 이야

기가 도대체 무슨 소리입니까?"

도련님은 생각에 잠겼습니다. 가만히 생각해 보다 도련님은 춘향의 진심을 알아챘습니다.

"옳거니! 아름다운 꽃은 나비가 쫓아가야 하는 법이라는 이야기구나. 춘향이가 아름다운 꽃이니, 난 이를 쫓는 나비렷다! 걱정 마라. 오늘 밤 나보고 찾아오라는 이야기다."

도련님은 기뻐서 어쩔 줄을 몰랐습니다. 오늘 밤에는 꿈에 그리던 춘향을 직접 만나볼 기회가 생겼으니 말입니다.

어여쁘다	'예쁘다' 의 옛말. beautiful
은퇴(隱退)	관직이나 공적인 사회 활동을 그만두는 것. retirement from a post
참판(參判)	조선 시대에 둔 벼슬 이름. 나라 일을 나누어 다스리는 행정 각부의 우두머리의 바로 다음 직위. a vice minister
당당(堂堂)하다	남 앞에서 내세울 만큼 떳떳한 모습이나 태도. be grand, dignified
꼿꼿하다	배반하거나 뜻을 포기하는 일이 없이 굳세다. be straight
수(繡)를 놓다	헝겊에 색실로 그림 · 글자 등을 떠서 놓는 행동. embroider
재주	잘하는 소질과 타고난 능력. talent, ability
그네	민속놀이의 하나. 또는 그 놀이 기구. 큰 나무의 가지나, 두 기둥의 가로지른 막대에 두 가닥의 줄을 매어 늘이고, 줄의 맨 아래에 받침대를 걸쳐 놓고 올라서서 몸을 움직여 앞뒤로 왔다 갔다 하면서 논다. a swing
아리땁다	마음이나 태도 · 자태가 사랑스럽고 아름답다. be lovely
분(粉)	얼굴에 바르는 가루로 된 화장품. powder
이슬	공기 중의 수증기가 한데 뭉치어 생긴 작은 물방울. dew
댕기	길게 땋은 머리 끝에 드리는 장식용 헝겊이나 끈. a pigtail ribbon
맵시	옷차림이나 몸이 잘 다듬고 꾸며서 보기가 좋은 모양. stylishness

단어 | 單語 | words

비단(緋緞)	명주실로 광택이 나게 짠 비싼 천. silk fabrics
주름	옷이나 옷감, 그 밖의 것에 접거나 접혀서 생긴 금이나 줄. creases, folds, a pleat
무명	솜을 물레를 이용하여 뽑은 실로 짠 천. cotton cloth
버선	무명이나 다른 천으로 만들어 발에 꿰어 신는 물건. traditional Korean socks
자수	여러 가지 색실로 옷이나 천에 그림, 글자, 무늬 등을 수 놓는 것. embroidery, needlework
주렁거리다	열매 따위가 많이 매달려 있는 상태. in clusters, in full bearing
노리개	여자들이 몸치장으로 한복 저고리의 고름이나 치마허리 따위에 다는 물건. a pendent trinket worn by ladies.
술	여러 가닥의 실의 한 끝을 한데 묶어서 만든 장식. a tassel
몸종	지난날, 양반집 여자에게 딸려서 잔심부름하던 여자 종. a lady's personal maidservant
푸드덕	새가 날개를 어지럽게 치는 소리. 또는 큰 물고기 따위가 생기 있게 뛰며 내는 소리. with a flap
선녀(仙女)	신선 나라에 산다고 하는 아름다운 여자 신선. a fairy, a nymph.
소매	윗도리의 팔을 덮는 부분. a sleeve

노리개
저고리
소매
술
버선

해당화(海棠花)	바닷가의 모래땅에서 자라며 가지에 가시가 있고, 초여름에 술이 희고 잎이 붉은 꽃이 되며, 가을에 붉은 열매가 열리는 야생 장미. a sweetbrier
딴청	어떤 일에 관계가 없는 척하느라고 꾸미는 말이나 행동. an irrelevant act
긁다	손톱이나 칼날처럼 날카롭고 긴 것으로 바닥이나 거죽을 문지르거나 붙은 것을 벗겨 없애다. scratch, scrape
고상(高尚)하다	품위나 몸가짐이 속되지 아니하고 훌륭하다. noble, highborn
새침	(주로 여성이) 남과 쉽게 어울리지 않고 모르는 척하며 똑똑하고 얌전하게 보이려고 하는 태도. a haughty attitude
성화(成火)	몹시 조르거나 귀찮게 구는 일. worry, annoyance
짙푸르다	빛깔이 짙게 푸르다. deep green
드세다	힘이나 기세가 몹시 세다. be very strong, be violent
보화(寶貨)	보배로운 재물. a treasure

단오

첫날밤

　음력 5월 5일로 명절의 하나입니다. 일명 수릿날, 중오절, 천중절, 단양이라고도 합니다. 단오의 '단' 자는 처음 곧 첫번째를 뜻하고 '오' 자는 다섯의 뜻으로 통하므로 단오는 첫 번째 맞는 다섯 번째 날이라는 뜻이 됩니다.

　단오는 더운 여름을 맞기 전의 초여름에 모내기를 끝내고 풍년을 기원하는 제사입니다. 즉 씨뿌리기를 끝내고 단오를 지내면서 뿌려 놓은 작물이 잘되기를 기원하는 행사이지요. 단오 행사는 한반도 북쪽으로 갈수록 번성하고 남으로 갈수록 약해지며, 남쪽에서는 대신 추석이 강해지는 경향이 있습니다. 현재 대한민국에서 단오는 농업의 사회적 의미가 예전 같지 않기 때문에 그리 중요한 명절로 생각되지는 않아 아쉬움이 크지만, 아직 강원도 강릉 지역을 중심으로 강릉 단오제라는 커다란 행사가 남아 있기도 합니다.

　단오에는 많은 마을에서 단오제나 단오굿 같은 축제를 벌이는 경우가 많았습니다. 이때 벌어지는 풍속 및 행사로는 창포에 머리 감기, 쑥과 익모초 뜯기, 부적 만들어 붙이기, 대추나무 시집보내기, 단오 비녀로 쪽을 찌는 행사 등과 함께 그네뛰기, 활쏘기, 씨름 같은 민속놀이도 행해졌습니다.

창포로 머리 감기는 장수와 건강을 기원하는 행사입니다. 창포가 무성한 못 가나 물가에 가서 물맞이 놀이를 하며, 창포 이슬을 받아 화장수로도 사용하고, 창포를 삶아 창포탕을 만들어 그 물에 머리를 감기도 합니다. 이렇게 머리를 감으면, 머리카락이 소담하고 윤기가 있으며, 빠지지 않는다고 합니다. 이 외에 몸에 이롭다고 하여 창포를 삶은 물을 먹기도 하였다고 전해집니다.

창포 뿐만 아니라, 단오에 먹는 음식으로는 떡이 있습니다. 단오떡을 만들기 위해서 사람들은 쑥이나 익모초 혹은 '수리취'라는 나물을 뜯습니다. 그리고 이것으로 떡을 만듭니다. 대추나무 시집보내기는 대추나무 가지 사이에 돌을 끼워 넣어 나뭇가지가 벌어지게 해서 열매가 풍성하게 열리도록 기원하는 것입니다.

단오 비녀는 단오장이라 합니다. 단오장은 창포 뿌리를 잘라 비녀 삼아 머리에 꽂는 것입니다. 이것이 단오 비녀 꽂기인데, 양쪽에 붉게 연지를 바르거나 비녀에 수(壽), 복(福)자를 써서 복을 빌기도 하였습니다. 특히 붉은색을 바르는 이유는 붉은 색이 양기를 상징해서 악귀를 쫓는 기능이 있다고 믿었기 때문입니다.

단옷날 행해지는 대표적인 놀이로는 그네뛰기와 씨름을 들 수 있습니다. 그네뛰기는 단옷날 여성들의 대표적인 놀이입니다. 조선 후기의 화가 신윤복의 「단오풍정」을 보면 한복을 차려입은 부녀자들이 치마폭을 바람에 날리며 하늘로 치솟는 모습을 볼 수 있는데, 이러한 그네뛰기 행사들은 집 안에만 갇혀 있었던 조선시대 여성들에게 바깥세상 구경을 할 수 있는 좋은 기회이기도 했습니다. 《춘향전》에서 춘향도 단옷날을 맞이하여 그네뛰기를 하다 이도령을 만나게 되는 셈입니다.

이와 쌍벽을 이루는 대표적인 남성들의 놀이로 씨름 대회가 있습니다. 씨름대회에서 이기는 사람에게는 관례로 황소를 상품으로 주는데, 경기 방식은 요즘과 같이 조를 짜서 서로 겨루어 최종 우승자를 선정하는 것이 아니라, 무작위로 도전자를 받아 더 이상 상대자가 없게 되면 우승을 하게 되는 형식으로 치러졌습니다.

또한 궁중에서는 이날 단오부채 등을 만들어 신하들에게 하사하였는데, 이는 앞으로 다가올 더운 여름을 시원하게 보내라는 의미이기도 합니다.

Dano

Dano is one of the traditional festivals, the date being set on the 5th of May in lunar calender. Other names for this day include *surinnal, jungojeol, cheonjungjeol,* and danyang. '*Dan*' means first, and '*o*' means fifth, therefore dano means the first fifth day.

After finishing up rice planting before the hot summer arrives, people celebrated dano hoping for a good harvest. They prayed that the crops they had just planted will safely grow and ripe well. *Dano* festival is celebrated more at the northern part of the Korean peninsula and less so in the southern region, where *chuseok*(fall festival) is considered more important. Unfortunately nowadays, because agriculture is not socially important as it had been before in Korea, *dano* is not thought as a major traditional festival. However, big *dano* festivals such as Gangneung danoje still remain around Gangneung area in Gangwon province.

Many villages often held festivals called *danoje* or *danogut.* Traditional events enjoyed during this day include washing hair with iris plants, pasting specially made paper that drives away evil spirits, as well as swing-riding,

arrow shooting, and Korean wrestling.

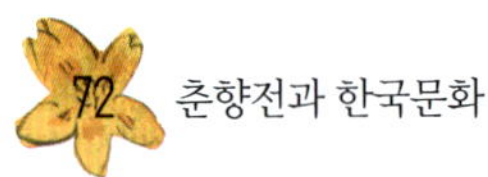

제**3**장

도령은 춘향을 보낸 뒤 집으로 돌아와 책 읽는 방으로 들어갔습니다.

그러나 춘향의 아름다운 얼굴이 떠올라 정신이 어지러워 들뜬 마음을 가라앉힐 수 없었습니다. 이제 밤이 되면 춘향을 만날 수 있기 때문입니다.

할 수 없이 책을 읽으려고 펼쳐 놓았으나, 한 글자 한 글자가 모두 춘향의 얼굴처럼 보이고 한 줄 한 줄이 모두 춘향이 같기만 했습니다. 한 글자가 두 글자 되고, 한 줄이 두 줄 되어 책 속에는 춘향이밖에 없었습니다.

이렇게 어지러운 마음으로 이 책 저 책 드문드문 읽어 보았자 공부가 잘될 리 없었습니다.

"하늘 천(天) 따 지(地) 검을 현 누를 황. 하늘과 땅 사이 모든 것들 가운데 사람이 가장 귀하도다."

애를 써서 이 책 저 책 읽어 나갈수록 머릿속은 어지러울 뿐이었습니다.

"아, 도저히 글을 못 읽겠다. 하늘 천(天) 자가 큰 대(大)처럼 보이고, 사략이 노략이 되고 시전이 선전 되고 서전이 딴전 되고, 통감이 곡감 되고 논어가 붕어 되고, 맹자가 탱자 되고 주역이 누역 되니[1] 보이는 것이 다 춘향뿐이다. 보고 싶다. 칠 년 장마에 빗발처럼 보고 싶다. 구 년 홍수에 햇빛같이 보고 싶다. 달 없는 동방에 불 켠 듯이 보고 싶다. 모든 집 안이 다 춘향이니 이

---

1) 이도령은 양반이기 때문에 공부를 열심히 해야 합니다. 하지만 춘향을 보고 싶은 마음에 읽어야 할 책 제목들이 제대로 눈에 들어오지 않고 다 틀리게 보인다는 의미입니다.

를 어찌하면 좋으냐? 보고 싶다!”

　이렇게 이 도령은 어쩔 줄 모르고 몸을 뒤집으며 괴로워했습니다. 그러면서 이 소리가 바깥까지 들리는 줄을 깨닫지 못하고 있었습니다. 이때 사또가 통인을 불러 물었습니다.

　“도련님더러 글은 안 읽고 무엇이 보고 싶다 그러는 건지 물어보고 오너라.”

　통인이 공부방으로 가서 묻자 도령은 대답했습니다.

　“다름이 아니라 사람의 도리에 대해 깊이 생각하고 있었다고 여쭈어라.”

　이 소리를 들은 이 한림은 매우 기뻐했습니다.

　“허허! 그놈이 이제 공부에 눈을 뜬 모양이로구나. 이 초 두 자루를 가져다 주어라. 그리고 초가 다 탈 때까지 책 읽는 소리가 내게 들리도록 하라고 전하여라.”

　사또에게 초를 받아 든 통인은 이 말씀을 이 도령에게 그대로 전했습니다.

　“사또 분부에 오늘 밤 글소리가 초 두 자루가 다 달토록 동헌에 들리도록 읽고 주무시라 하시옵니다.”

　이에 도련님은 심술이 났습니다. 보고픈 춘향 얼굴이 다시 떠올랐기 때문입니다. 도련님은 갑자기 초를 내던지더니,

　“방자야, 온갖 책을 들여라.”

하고선 사서삼경 온갖 책을 내어놓고 소리만 크게 질러 노루글로 함부로 건너뛰면서 읽기 시작했습니다. 한참 이 책 저 책 읽어 대더니 이윽고 방자를 불러 물었습니다.

“해가 얼마나 갔느냐?”

“이제 해가 한가운데 떠 있습니다.”

“어제는 저 해가 **뒷덜미**를 치는지 그렇게 쉽게 가더니, 오늘은 뒤를 붙잡아 맸는지 어찌 그리 늦게 가는가? 저무는 해의 **심보가 고약하다**.”

그렇게 시간이 간 뒤 이윽고 방자가 저녁밥을 올렸습니다. 도령이 또 물었습니다.

“밥이고 뭐고, 해는 얼마나 남았느냐?”

“해가 지고 달이 뜨고 있나이다.”

마침내 밤이 찾아오고 있었습니다.

도령은 사또가 주무시기를 기다렸다가, 몸을 숨기고 가만히 집에서 나왔습니다. 방자가 도령을 따라 나섰습니다. 둘은 춘향의 집을 찾아가는 것이었습니다.

춘향은 집에 돌아오자 가슴이 뛰었습니다. 이 도령은 어떤 사람일까? 정말 오늘 밤 찾아오기는 할까? 여러 가지 생각에 잠을 이룰 수 없었습니다.

이때 춘향의 어머니가 춘향이 방으로 건너왔습니다.

“많이 피곤하니? 늦은 밤인데도 잠자리에 들지 않았구나. 네가 나간 뒤 잠깐 잠에 들었는데 아주 신기한 꿈을 꾸었구나.”

“무슨 꿈인데요? 어머니.”

“비몽사몽간에 네가 뛰는 그넷줄 위에서 **채색**한 구름이 일어나며 **청룡**이 너를 물고 하늘로 오르기로 나도 그 용의 허리를 안고 이리 궁굴 저리 궁굴다가 깜짝 놀라 잠에서 깨니 가슴이 두근두근하고 식은땀이 흘러 마음이 어지

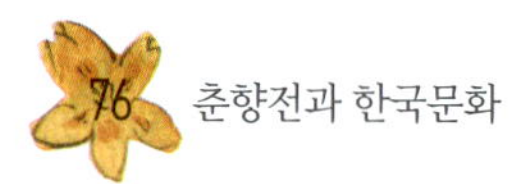

러우니 만약 좋은 일이 있다면 좋은 꿈이라 할 것이다. 만약 네가 남자라면 **장원급제**할 꿈인데, 만약 좋은 꿈이 아니라면 사람의 앞날은 알 수 없으니 괜히 불안하구나."

춘향 어머니, 월매의 꿈 이야기를 들은 향단이가 광한루에서 있었던 일을 하나하나 설명했습니다.

"사실 오늘 광한루에서 조용히 그네를 탔지만, 마지막에 남원 부사 **자제** 분의 방자가 와서 춘향 아가씨와 이런저런 이야기를 나누다 돌아갔습니다."

"응? 그 녀석이 웬일이냐?"

춘향 어머니는 뭔가 이상한 생각이 들었습니다. **명망** 있는 남원 부사의 큰아들이 왜 갑자기 방자를 시켜 춘향을 불렀을까요? 춘향 어머니 월매가 고개를 갸우뚱하고 있을 무렵 방자가 문밖에서 춘향의 어머니를 불렀습니다. 춘향 어머니가 나와 보았습니다. 그런데 나타난 사람이 사또 댁 도련님이었습니다. 춘향 어머니는 깜짝 놀라며 말했습니다.

"도련님이 어쩐 일이십니까? 사또께서 아시면 우리 모녀 다 죽을 것이니 바삐 돌아가시오."

이 도령은 대답했습니다.

"상관없으니까 어서 들어가자."

이제야 춘향 어머니는 그간의 사정을 눈치 챌 수 있었습니다. 광한루에서 이 도령이 춘향의 **미모**를 보고는 한눈에 반한 것입니다. 월매는 만약 자신의 꿈이 좋은 뜻이라면, 꿈속의 청룡은 이 도령이 분명하다 싶어 모르는 체하며 이 도령을 앞세웠습니다.

춘향의 집을 살펴보니, 네 면에 입 구(口) 모양으로 기둥 대문이 솟은 안사랑이 보였습니다. 안팎 **중문**으로는 **행랑**이 늘어서 있고, **다락방**에 **대청마루**, **안방**, **건넌방**, 찻간에 툇마루까지 있었습니다. **서까래**에 **추녀**에 창문에는 국화가 새겨져 있는 모습이 볼만했고, 부엌에 광 마구간까지 집은 잘 갖추고 있으면서도 **검소**해 보였습니다.

"도련님이 오셨습니까?"

춘향은 바삐 내려와 수줍은 듯 인사했습니다.

두 사람이 앉은 방 안은 여러 가지 그림이 그려진 **병풍**에 **족자**로 장식되어 있었고 거문고, 양금, 생황, 단소, 가야금 등 여러 가지 악기를 갖추고 있었습니다.

그 가운데 춘향이 직접 글을 지어 벽에 붙인 것도 있었습니다. 글의 내용을 보고 도령이 감탄했습니다.

"저것이 네가 쓴 글이냐? 참 기특한 글이로다. 목련과 같은 절개를 말하는 글 아니냐?"

이렇게 이야기를 나누고 있을 때 춘향 어머니가 들어와 말했습니다.

"귀하신 도련님이 **누추**한 데 오시니 **황송하옵니다**. 그런데 저희 집에는 어떤 일이신가요?"

춘향 어머니의 이야기를 듣자 도령은 자기가 이곳에 왜 왔는지 생각났습니다. 이 도령은 한쪽에서 얼굴을 붉히고 있는 춘향을 보면서 월매에게 **과감**하게 말을 꺼냈습니다.

"내 우연히 광한루에서 춘향을 잠깐 보고 사랑을 느꼈기로, 내 걸음이 인연

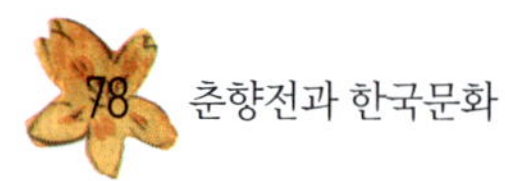

되어 춘향 어미를 만나고자 왔네. 이렇게 되었으니 자네 딸 춘향과 내가 백년 가약을 맺음이 어떠한가?"

춘향 어머니는 이 말을 듣고 얼굴빛 하나 바꾸지 않은 채 차분하게 앉아 이야기를 풀었습니다. 도령이 성급하게 결혼을 결정한 것은 아닌지, 마음을 바꿔 먹지는 않을지 확인하기 위해서였습니다.

"말씀은 황송하옵니다만 내 사정을 들어 보시오. 옛날 사또, 성 참판께서 오셨을 때 저를 귀히 여겨 주셔서 그 사이에 낳은 게 저 딸입니다. 불행히도 그 어른이 일찍 돌아가시고 저것을 저 혼자 길러 냈답니다. 어려서는 잔병치레도 하고 하더니 일곱 살에 책을 떼고 공부를 하여 마음을 맑게 가졌답니다. 이래봬도 뼈대 있는 아이온데 제가 부족하여 열여섯 살 되도록 시집을 못 보냈습니다. 도련님은 잠깐 한때의 감정으로 백년가약을 맺는다 하시니, 그런 말씀 마십시오. 그냥 즐겁게 노시다 가시기만 바랄 뿐입니다."

도령은 이미 춘향에게 눈이 멀어 다른 사정은 돌아볼 겨를이 없었습니다. 그래서 앞일이 어떻게 될지도 모르고 뭐든지 자신 있다고만 대답했습니다.

"그럴 리가 있겠소. 육례는 갖추지 못할망정 양반이 한 입으로 두말하지 않으리다. 걱정 말고 허락하오."

춘향 어머니는 다시 두 사람을 바라보았습니다. 둘은 어쩔 수 없는 천생연분 같아 보였습니다. 하지만 도령의 맘이 쉽게 변할지 몰라 망설여졌습니다. 더군다나 양반의 서녀인 춘향이 혹시 이 도령의 첩이 되면 어떻게 하나 하는 생각에 단단히 굳은 약속을 받아 내야겠다는 생각이 들었습니다. 이에 춘향 어머니는 문서로 약속을 확인하고자 하였습니다.

"그러시다면 저의 청을 들어주십시오. 먹물로 쓴 글씨는 사라지지 않는 법이고, 나중에 무슨 일이 생기더라도 **관가**는 글에 씌어진 대로 **판결**을 내리는 법이지요. 혹시 도련님이 훗날 믿음을 저버리는 일이 있으면 참고로 하기 위해 오늘의 약속을 종이에 적어 주십시오."

이 도령은 이 말을 듣고 기쁨을 이기지 못하였습니다. 그리고 즉시 종이를 펼치고 먹을 갈아 붓에 흠뻑 묻혀서 이렇게 썼습니다.

모년 월일에 주는 약속의 글이다. 우연히 산과 물을 구경하러 광한루에 올랐다가 하늘이 내린 짝을 만나서 이 기쁨 누를 길 없어, 백년가약을 맺기로 약속하였노라. 훗날 약속을 어기는 일이 있거든 이 글로써 관가에 고발하리라.

도령의 이 증서를 보고 춘향 어머니는 마지못해 허락을 했습니다. 이 도령은 뛸 듯이 기뻐했습니다.

"참으로 기쁘구나! 내가 과거에서 일등으로 뽑힌들 이보다 더 좋을까?"

이제 결혼 약속을 한 이상 이 도령은 춘향 어머니의 사위가 되는 셈이었습니다. 춘향 어머니는 몸종 향단이를 불러들여 술상을 보아 오게 했습니다.

도령은 술과 안주를 갖추어 내놓은 모양을 보았습니다. 갖은 음식이 풍성하게 차려져 있었습니다. 닭고기 꿩고기 갈비찜에 송편, 꿀 바른 설기와 화전에 송기떡까지 없는 것이 없었습니다. 배와 밤과 연시, 대추, 죽순나물에 씀바귀를 곁들여 놓고 청포도, 흑포도, 머루, 다래, 유자, 감자, 능금, 석류, 참외, 수박, 호두에 이르기까지 상차림이 나무랄 데가 없었습니다.

술병도 꽃 그림이 그려진 것부터 거북 모양, 목 긴 거위 모양까지 다양한 것이었습니다. 거기에 담긴 향기로운 술 또한 포도주에 국화주, 소나무 잎으로 만든 술부터 막걸리에 이르기까지 화려하기 이를 데 없었습니다. 결혼식의 상차림으로는 최고라고 할 만했습니다.

"불로초로 술을 빚어 만년잔에 가득 부어, 잡수시오 이 술 한잔."

도령은 술에 흠뻑 취해서 춘향이와 즐거운 이야기를 나누면서 흥을 돋우라 하였습니다. 춘향은 여러 책 속에 나오는 글귀들을 인용하면서 도령에게 이야기를 들려주었습니다.

"노세 노세 젊어서 노세. 늙어지면 못 노나니. 달도 차면 기우나니, 인생이 기다란 꿈과 같은데 아니 놀고 어찌 하랴?"

춘향은 도령이 술에 많이 취하자 말했습니다.

"이미 달이 기울고 밤이 깊었는데 주무시지요."

도령은 춘향이와 함께 있는 시간이 계속 지나가는 것이 아까웠습니다. 그래서 춘향이와 글자 타령을 즐겼습니다. 글자 타령이란 글자 하나를 운으로 하여 그 운에 맞는 시를 짓는 것을 말합니다.

"우리 인연이 깊고 깊어서 이렇게 만났으니 인자 타령이나 해 보자."

그러면 인으로 끝나는 말, 미인, 귀인, 천인, 노인, 소인 등을 이어서 읊는 것입니다. 이렇게 둘은 '인' 자 타령과 '연' 자 타령을 하며 밤이 새도록 즐거운 이야기를 나누었습니다. 이렇게 혼인날 밤은 저물어 갔습니다.

도령은 그 뒤로도 날이 새면 남들의 눈에 띄지 않게 조심조심 집으로 돌아

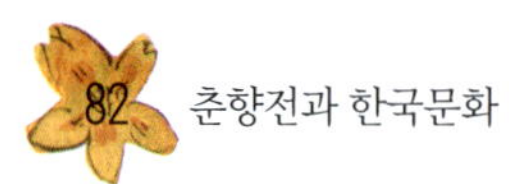

오고, 어두우면 바쁘게 춘향의 집으로 달려가기를 여러 날 동안 되풀이했습
니다.

드문드문	(시간적으로) 잦지 않고 동안이 뜨게. once in a long while
사또	(옛날에 백성이 높여 부르는 말로) 한 고을을 다스리는 관리. a district magistrate
통인(通引)	(옛날에) 관가의 사또 밑에 딸려 잔심부름을 하던 사람. a servant
도리(道理)	사람이 마땅히 행하여야 할 바른 길. reason, be reasonable
초	불을 밝히는 데 쓰는 물건의 하나. a candle
자루	속에 물건을 넣을 수 있게 길고 크게 만든 주머니. a sack
동헌(東軒)	(옛날에) 지방 관청에서 그 지방의 수령이 공무를 처리하던 집. public building
심술	남을 괴롭히기를 좋아하거나 남이 잘못되는 것을 좋아하는 마음. cross temper, ill nature
노루글	노루가 겅중겅중 걷는 것처럼 내용을 건너뛰며 띄엄띄엄 읽는 글. skim through a book rough
뒷덜미	등의 맨 위쪽과 두 어깻죽지 사이가 만나는 부분. 목 뒤의 아래쪽. 혹은 (달아나는 사람을 손으로 잡을 때 움켜쥐는) 옷의 두 어깨 사이의 부분. the back of one's neck, the nape
심보	마음 씀씀이. nature, mind

고약하다	(말씨나 행동이) 사납거나 못되다. be bad
채색(彩色)	여러 가지 고운 빛깔. coloring
청룡(靑龍)	빛깔이 푸른 용. a blue dragon
장원급제(壯元及第)	조선시대 과거시험에서 일등으로 뽑히는 것. the highest passing mark in the state examination
자제(子弟)	남의 아들의 존칭. children
명망(名望)	명성과 인기. reputation
미모(美貌)	(여자의) 아름답게 생긴 얼굴. pretty features
중문(中門)	(전통 한옥에서) 대문 안쪽에 있는 또 다른 문. an inner gate
행랑(行廊)	대문 양쪽이나 문간 옆에 있는 방. rooms on both sides of the main gate where servants live;servants' quarters
다락방	보통 집의 천장과 지붕 사이에 있는 공간을 이용하여 꾸민 방. a garret
대청마루	한옥에서, 방과 방 사이에 있는 큰 마루. the main floored room
안방	안주인이 거처하는 방. the main [the women's] living room, the women's quarters.
건넌방	큰 마루를 건너 안방의 맞은편에 있는 방. a room on the opposite side of the main living room.

툇마루	큰 마루 바깥쪽에 좁게 만들어 단 마루. a (narrow) wooden verandah
서까래	마룻대에서 보 또는 도리에 걸친 통나무. a rafter
추녀	처마 네 귀 기둥 위의 끝이 위로 들린 부분. the protruding corners of eaves
검소(儉素)	낭비하거나 사치스럽지 않고 수수함. frugality, thrift
병풍(屏風)	집 안에서 장식을 겸하여 무엇을 가리거나 바람을 막거나 하기 위해 수를 놓거나 그림을 그려 세우는 가구. a folding screen
족자(簇子)	글씨나 그림 등을 꾸며서 벽에 걸게 만든 두루마리. a hanging scroll
누추(陋醜)	(집이나 차림새가) 보잘것없고 더럽다. 초라하다. be filthy
황송(惶悚)하다	(웃사람에 대하여) 매우 고맙고 미안하다. awe-stricken
과감(果敢)	결심이 빠르고 용감하다. boldness
잔병치레	자질구레한 사소한 병들을 자주 앓는 것. getting sick frequently
겨를	(잠시 무엇을) 할 만한 시간을 나타냄. time to spare
육례(六禮)	유교사회에서 의미하는 6가지 큰 의례, 혹은 그 중 혼인을 의미함. matrimony
천생연분(天生緣分)	하늘에서 정해 준 남녀 간의 인연. Heaven-ordained relation

관가(官家)	벼슬아치들이 나랏일을 보던 집, 혹은 시골 사람들이 그 고을 수령을 일컫는 말.
	public building, local government office
판결(判決)	재판에서 일의 옳고 그름을 판단하여 결정하는 것.
	judgment
불로초(不老草)	먹으면 늙지 않는다는 옛이야기의 약초.
	a herb bringing eternal youth.

양반

오리정 이별

　양반이란 한국의 옛날, 즉 대한민국 이전의 조선 시대에 있었던 신분 계층의 하나입니다. 좁은 의미로는 관리직을 수행하는 데에 있어서 문신(정치인)과 무신(군인)층을 가리키며, 넓은 의미로는 지배 신분층과 그 가족 모두를 가리키는 신분 용어입니다.

　원래 양반이라는 신분은 고려시대부터 존재해 왔지만, 양반이라는 개념이 자리를 잡은 것은 조선시대입니다. 본래 양반이라 함은 문신이나 무신을 가진 사람만 의미했지만, 양반들이 정치관료를 독점하면서 그들의 공동체적인 친족관계 때문에 그들의 가족과 친족들도 모두 양반이라고 불리게 된 것입니다. 이러한 경향은 조선시대와서 양반 관리 가족들간의 결혼과 친족 형성으로 더욱 강해지고 '양반' 은 곧 지배 신분층을 뜻하게 되었습니다.

　조선의 신분 구조는 원래 양인과 천인의 2가지 구분만이 있었지만, 신분 구조가 자세하게 나뉘고 양반이라는 지배층이 생김에 따라 그 뒤 신분 구조는 양반 → 중인 → 양인 → 천인으로 나뉘게 됩니다.

양반들은 자신들의 신분을 강화하기 위해서 지방의 관리인 향리(《춘향전》의 이방이나 호방), 기술관료, 의사 등을 중인 신분으로 격하하면서 자신들을 최상위 신분으로 만들어 갑니다. 또한 그들은 최상위 신분층으로서 교육과 과거 응시 등에서 특권을 가지게 되었으며, 같은 양반 신분에 속하는 사람들과 혼인하기 시작했습니다. 또한 양반들은 자신들의 신분을 보호하기 위해서 아버지의 신분에 따라 자녀들의 신분을 결정하는 것이 아니라, 어머니의 신분을 따라 신분이 결정되도록 했습니다. 따라서, 《춘향전》에서 이 도령과 춘향은 서로 신분의 차이 때문에 이루어질 수 없는 사이가 됩니다. 즉 이 도령은 양반의 자제이며 춘향은 비록 아버지가 양반이라 할지라도, 어머니가 기생이기 때문에 기생이지 양반이 될 수 없었기 때문입니다. 또한 이들은 경제적으로도 지주 계층으로서 많은 땅을 소유하고 이를 일반 사람들에게 빌려줘 경작하게 하였으며, 동시에 노비라 불리는 하인들을 소유할 수 있었습니다.

또한 이들은 과거라 불리는 관리를 뽑는 시험에 독자적으로 응시할 수 있었습니다. 실제 조선의 법전인 《경국대전》은 양반뿐만 아니라, 양인 신분을 가진 사람이라면 누구나 과거에 응시할 수 있도록 정해 놓았지만, 실제로 응시하는 사람들은 양반뿐이었습니다. 따라서 양반들은 과거에 합격하지 않으면 제대로 양반 신분을 유지하기 어려웠습니다.

이러한 양반의 신분도 조선시대 커다란 두 번의 전쟁을 거치면서 약화되었습니다. 조선시대에는 일본과 7년의 걸친 전쟁인 임진왜란과 중국과의 전쟁인 병자호란이라는 큰 전쟁이 있었습니다. 이러한 전쟁을 통해 사회 지도계층이었던 양반들은 나라를 제대로 지키지 못해 자신들의 양반신분도 많이 약화되었습니다. 따라서 《춘향전》이 널리 읽히고 인기가 있었던 조선 후기에는 조선 초기나 중기만큼 양반의 권위가 높지 않았습니다.

《춘향전》에는 양반 계층의 생활이 잘 묘사되어 있습니다. 이 도령은 자신의 하인인 방자를 데리고 이곳저곳 구경을 다닐 수도 있으며, 과거시험에 합격하기 위해 열심히 공부도 해야 합니다. 이 도령이 공부하는 모습은 《춘향전》에서 이 도령이 춘향을 그리워하며 책 읽는 모습에 잘 나타나 있습니다.

또한 춘향의 경우 실제 신분은 기생이지만, 아버지가 양반이었고 어느 정도 재산을 가지고 있었기 때문에, 춘향의 집 모습을 살펴보면 양반의 집과 다를 바 없는 모습을 보여 주기도 합니다.

이러한 양반이라는 신분 계층은 조선이 망하고 일본제국주의에 나라를 빼앗기면서 점차 사라지게 됩니다. 현재 대한민국에서는 양반과 같은 신분이 전혀 남아 있지 않습니다. 하지만 이들의 생각이나 생활태도, 그리고 이들이 굳건히 지켜 왔던 유교윤리는 지금까지 대한민국 사회에 많은 영향을 끼치고 있습니다.

Yangban

Yangban is a class of Chosun's hierarchy system prior to the establishment of the Republic of Korea. In a specific sense, it means both literary vassals(politicians) and martial vassals(soldiers) and in a broader context, it means the ruling class and their families.

In order to strengthen their social position as the top class, they degraded *hyang-ri*(in 《Chunhyangjeon》, they are also called *yibang* or *hobang*) who were local officials, the technocrats and doctors as *jungin*(middle class). Also, they were privileged as the highest class when it came to education and civil service exam, and only married those who belonged to the same *yangban* class. To protect their status, it was the mother's social status that determined children's status, not the father. This was why Yi Mongyong and Chunhyang could not be together, since their social status was different. In other words, Yi was son of *yangban*, and Chunhyang, although her father was also *yangban* could not succeed her father's status because her mother was a *gisaeng*(female entertainer). *Yangban* also possessed large amount of land economically, and lent the ground to peasants to cultivate. They were also allowed to own servants called nobi.

This *yangban* class disappeared gradually as Chosun dynasty fell and lost its sovereignty to Japan. Current day Korea there's no more trace of class system as *yangban*. However, *yangban*'s way of thinking, their life style and the Confucian ethic they strongly believed in still remain and affect the Korean society greatly.

제 **4** 장

이별의 눈물을 뿌리며

그러던 어느 날이었습니다. **조정**에서 남원 부사 이 한림 앞으로 명령이 내려왔습니다.

그 내용은 그동안 남원을 **성실**하게 **통치**한 것을 조정에서 전해 들어서, 한양으로 올라와 더 높은 **벼슬**을 받고 일하라는 것이었습니다. 훌륭한 사또에게 내리는 상이었습니다.

사또는 아들을 불러 말했습니다.

"너는 어머님을 모시고 먼저 올라가라."

너무 갑자기 떠나게 되어 버린 것입니다. 도령은 아버지의 말을 듣고 크게 **낙심**하고 목이 **메어** 겨우 대답을 했습니다. 도령은 방으로 들어가 길 떠날 준비를 차리는 체하다가, 바로 춘향의 집으로 달려갔습니다. 이 소식을 어떻게 전하면 좋을지 알 수 없었습니다.

춘향은 도령이 갑자기 찾아와 놀라우면서도 반가웠습니다. 그러나 도령이 눈물 흘리는 모습을 보고 물었습니다.

"왜 그리 우세요? 속 시원히 말씀을 해 보세요."

"아버지께서 **승진**하셨단다."

춘향은 그 말을 듣고 크게 기뻐했습니다.

"승진하셨다니 좋은 일이잖아요? **경사**가 났는데 왜 우십니까?"

"이제 우리가 한양으로 올라가야 되니까 그런다."

“저는 또 무슨 일이라도 난 줄 알았네요.”

춘향은 아무것도 아니라는 듯, 당연한 것처럼 이야기했습니다.

“그러면 여기서 죽을 때까지 사실 생각이었어요? 도련님 먼저 올라가시면, 나는 **살림**을 약간 팔아서 도련님을 따라가면 되지요. **바느질품**이나 팔다가 서방님이 귀히 되시고 큰사람 되시면, 제 한 몸 드러내 놓고 도련님의 부인이 된다고 해서 무슨 걱정이 있겠습니까? 정말 좋은 일입니다. 이제 저도 한양에 가 보게 되었네요.”

도령은 춘향의 꿈같은 이야기를 들으니 답답하기 이를 데 없었습니다.

“그게 아니다, 얘야. 양반이라는 이 **신분**이 원수 같기만 하구나. 아직 열여섯밖에 안 된 아이가 기생을 데려왔단 말이 위에 들어가기라도 하면 벼슬도 못 하고 늙어 죽게 된다고 한다. 그래서 우리가 어쩔 수 없이 몇 년은 떨어져 있어야 되겠다.”

춘향은 이 이야기를 듣고 얼굴이 파랗게 **질리며** 눈썹이 흔들렸습니다. 이윽고 무슨 이야기인지 확실히 깨달은 춘향은 도령의 손을 붙잡아 목이 메게 울었습니다. 두 손으로 가슴을 치며 춘향은 쓰러질 듯이 울부짖었습니다.

“그게 무슨 말씀이십니까? 그렇게 약속을 해 놓고 어떻게 이러실 수가 있나요? 이걸로 영영 이별이라니요. 다시 만날 수 없겠지요. 이별은 언제 해도 슬픈 것이지만 **생이별**이란 산 초목에 불을 붙이는 격입니다. 임금과 신하의 이별, 형제 이별에 **처자식** 이별, 다 슬픈 일이지만 우리같이 서러운 이별이 어디 또 있겠습니까. 이 답답한 **설움**을 어찌 하란 말입니까.”

춘향이 이렇게 슬피 우는 소리를 듣고, 무슨 일인지 알 까닭이 없는 춘향 어머니는 그저 조금 다투는 줄로만 알고 웃었습니다.

"오늘도 저것들이 사랑싸움 하는구나. 아니꼽다, 아니꼬워."

그런데 춘향의 울음이 그치지 않자 어머니는 점점 이상하게 생각되었습니다. 그래서 방으로 들어가 사정 이야기를 들어 보았습니다. 둘이 이별 이야기를 하는 것이 확실했습니다. 춘향 어머니도 기가 막혀 소리를 질렀습니다.

"아이고, 별일이네. 우리 집 사람 셋 죽네!"

어머니는 와락 뛰어와 춘향이를 붙들고 말했습니다.

"너 지금 얼른 죽어라. 너 죽은 시체라도 저 양반이 차고 가게. 어서 썩 죽어라! 저 양반 올라가고 나면 누굴 말려 죽이려고 그러느냐. 내가 내내 말했지. 평생 후회하기 쉽다고 말이다. 그래서 신분도 너랑 같고 인물도 너랑 같은 짝을 얻어 보았으면 너도 좋고 나도 좋고 그랬을 것을, 네 마음이 고고해서 유별나게 굴더니 잘됐다, 잘됐어!"

월매는 딸에게 그러고 나서는 도령에게 달려들어 성화를 부렸습니다.

"이보시오 도련님. 내 딸이 어디가 어떻다고 이런 일을 당하게 하시오? 당신 떠나고 속에서 울화가 치밀 것은 생각 못하십니까? 그리움에 못 이겨 병에 걸려 드러눕고 원통하게 죽어 버리면 어쩌시려오?"

이 도령은 할 말이 없고 면목도 없어 다만 눈물만 뚝뚝 흘릴 뿐이었습니다. 이렇게 어머니가 펄펄 뛰자 이번에는 쓰러져 울던 춘향이 도리어 어머니를 뜯어말렸습니다.

"어머니, 그러지 마세요. 내 팔자가 이런 걸 어찌합니까. 어머니는 건넌방으로 건너가 계시고, 나는 오늘 밤새도록 이야기나 실컷 하고 울음이나 실컷

울고 내일 이별하렵니다."

춘향 어머니는 할 수 없이 가슴만 치며 건넌방으로 건너갔습니다. 춘향은 도령과 이별의 말을 나누며 끝없이 통곡하였습니다.

도령은 두 소매로 얼굴을 가리고 훌쩍훌쩍 울며 말했습니다.

"울지 마라. 네 울음소리에 내 간장이 다 녹겠다. 울지 마라. 울지 마라. 내 평생 바라는 바가 있다면, 너는 죽어 꽃이 되고 나는 죽어 나비 되어 봄날 지나도록 떠나 살지 말자 했지. 그러나 인간 세상에 뜻밖의 일은 많은 법이고, 하늘조차 우리를 시기하여 오늘 이별을 맞이하게 되었구나. 그렇다고 이제 영영 이별이겠느냐?"

춘향은 목을 놓아 울며 말했습니다.

"도련님 올라가시면 내 한 몸 가엾지 않습니까? 누굴 바라고 살라는 겁니까. 가실 거면 날 죽이고 올라가십시오."

도령은 다시 춘향을 달랠 수밖에 없었습니다.

"사또께서 그냥 계속 이 고을을 돌보셨으면 이별하는 일도 없었을 텐데, 내 게는 이런 원수 같은 일이 다시없을 것이다. 그러나 생각해 보렴. 우리 인연 은 푸른 소나무와 대나무 같아서, 언제나 푸르며 무너지거나 끊어질 일이 없 을 거다. 너무 슬퍼하지 말고 훗날 다시 만나서 그리움을 풀어 보자."

슬픈 사랑의 마음을 담고 마지못하여 이별을 하는 동안 두 사람은 눈물을 그칠 줄 몰랐습니다. 도령은 문득 가지고 있던 비단 주머니를 열고 거울을 꺼 내 주며 말했습니다.

"대장부의 떳떳한 마음은 이 맑은 거울과 같아서 변치 않을 것이다."

춘향도 대답했습니다.

"도련님. 이제 가면 언제 오시렵니까? 저절로 죽은 늙은 나무에 꽃이 피거든 오시렵니까? 벽에 그린 누런 닭이 짧은 목을 길게 늘여 두 날개 땅땅 치고 꼬끼오 울거든 오시렵니까? 금강산 꼭대기에 물밀어 배 둥둥 뜨거든 오시렵니까?"

거울을 받은 춘향은 그 보답으로 옥가락지를 빼어서 도령에게 주었습니다.

"여자의 높은 절개는 이 옥가락지와 같습니다. 천만 년이 지나간들 옥빛은 변하지 않는 법이랍니다."

도령은 옥가락지를 받은 보답으로 또 노래 한 수를 지어 주었습니다.

잘 있어라. 잘 다녀오마.

간들 아주 가며 아주 간들 잊을쏘냐.

잠 깨어 곁에 없으니 그를 슬퍼하노라.

춘향이 이 노래에 대답하는 노래를 불렀습니다.

간다고 설워 마오. 보내는 내 안도 있소.

산은 첩첩이 높고 물은 겹겹이 깊은데 부디 편히 가오.

가다가 긴 한숨 나거든 난 줄 아오.

이렇게 자꾸만 주고받으니 가는 발걸음이 더디어질 수밖에 없었습니다. 그러나 아무리 그렇게 시간을 끌어도 떠날 때는 결국 닥쳐왔습니다. 도령이 가는 길의 십 리 밖까지 춘향이 나와 전송을 하며 말했습니다.

"떠나보내는 이 마음은 이루 말할 길이 없습니다. 그러나 부디 학업에나 힘써 그 이름을 널리 알리시고, 부모님께 영화를 보여 주십시오. 그리고 나도 어서 찾아와 주세요. 언제나 북쪽 하늘 바라보며 당신을 기다리겠습니다."

도령이 대답했습니다.

"그런 약속이야 어찌 말로 다하겠느냐. 부디 믿음을 지키고 나 돌아오기를 기다려라."

이렇게 이 도령은 마지못하여 서울로 떠났습니다. 도령은 가는 길에도 돌아보고 또 돌아보았습니다. 한 산 넘어 오 리 되고 두 산 넘어 십 리 되어 춘향의 모습은 어느덧 점이 되는가 싶더니 마침내 보이지 않았습니다. 이 도령은 이렇게 **하릴없이** 긴 **근심**과 짧은 **탄식**을 벗 삼아 서울로 올라갔습니다.

이 도령을 보낸 춘향이는 눈물을 씻고 북쪽 하늘을 바라보았습니다. 이미 도령의 모습은 멀어져 보이지 않았습니다. 집에 돌아온 춘향은 고운 옷을 입지도 않고 늘 몸에 지니던 예쁜 장식도 모두 물리쳤습니다. 하얀 벽과 비단 창을 굳게 닫아걸고는 **무정한** 세월을 시름 속에 보내기 시작했습니다.

단어 | 單語 | words

조정(朝廷)	임금이 나라의 정치를 의논하는 곳. 또는 집행하는 곳. the royal court
성실(誠實)	정성스럽고 참됨. 착하고 거짓이 없고 열심임. sincerity
통치(統治)	나라나 지역을 도맡아 다스림. rule over
벼슬	옛날에 나랏일을 맡아 다스리는 자리. 또는 그 일. a government post
낙심(落心)	바라던 일을 이루지 못하여 마음이 상함. disappointment
메다	답답하여 가슴이 꽉 막힌 느낌이 들다. feel anxious
승진(昇進)	직위가 오르는 것. promotion
경사(慶事)	축하할 만한 매우 즐겁고 기쁜 일. a matter for congratulation
살림	한 집안을 이루어 살아가는 일. 또는 살아가는 경제적 형편. livelihood
바느질품	바느질로 살림을 꾸려나가는 일. needlework
신분(身分)	개인이 사회 속에서 가지고 있는 지위. status, one's social position
질리다	창백해지다. 핏기가 가시다. turn pale.
생이별	어려운 일을 당하여 어쩔 수 없이 부부, 부모와 자식, 형제 끼리 서로 떨어지게 되는 것. a lifelong separation
처자식(妻子息)	아내와 자식 wife & children, family
설움	서럽게 느껴지는 마음. sorrow

아니꼽다	말이나 행동이 마음에 몹시 거슬리다. be disgusting
사정(事情)	일의 형편이나 까닭. the situation
고고(孤高)하다	세상과 어울리지 않고 혼자 높고 초연하다. a proud loneliness
원통(寃痛)	분하여 마음이 아픔. resentment
팔자(八字)	사람 한 평생의 운수. a destiny
간장(肝腸)	간과 창자, 애가 타서 녹을 듯한 마음. worry very much
시기(猜忌)	질투하여 미워하는 것. jealousy
하릴없다	어떻게 할 도리가 없다. unavoidable
근심	좋지 않은 일이 생길지도 모른다는, 두렵고 불안한 마음. anxiety
탄식(歎息)	한숨을 쉬며 한탄함. a sigh
무정(無情)하다	정이 없다. 사랑하는 마음이나 동정심이 없다. cruel

기생

수청 요구

　기생은 기녀라고도 합니다. 주로 노래를 부르고 춤을 추며 때로는 시를 읊거나 그림을 그리는 등 문화 활동으로써 나라와 궁중의 여러 잔치 행사 때 분위기를 돋우는 일을 하던 여성을 가리킵니다.

　보다 넓은 의미로는, 약을 짓는 약방에서 의술이나 약학, 침 놓는 기술을 배운 의녀들도 포함합니다. 즉 어떤 특별한 기능을 가진 여자임을 가리키는 것입니다.

　한국에는 아주 오랜 옛날부터 노래하고 춤추는 유흥 목적의 기녀가 있기는 했지만, 이에 대해 구체적인 기록은 남아 있지 않습니다.

　조선 시대에 이르러 기생들을 관청에 소속시켜 일하게 하는 제도가 마련되었는데, 이들의 신분은 천민이었습니다.

　기생의 유래는 정확하게 알려진 것은 없지만, 전쟁 포로 가운데 얼굴이 특히 아름다운 여자를 골라 춤과 노래를 가르쳐서 권력자를 기쁘게 했던 것이 기생의 시작이었다고 합니다. 또는 점을 치고 하늘에 제사를 지내는 일을 하던 무녀가 기녀의 시작이었다고도 전해집니다.

조선 시대는 유교적인 질서가 사람들을 지배하고 있었습니다. 그래서 일정한 신분의 남자와 여자는 서로 자유롭게 만나기가 힘들었습니다. 이러한 사회 환경 속에서 기생은 천민 계층이기 때문에 양반 남성들이 넘보거나 쉽게 다가갈 수 있는 존재였습니다. 따라서 자연히 잔치에서 술을 따르고 흥을 돋우며 남성들을 위안하는 구실을 겸하게 된 것입니다.

시대가 변해 가면서 기생의 성격과 생활 내용도 달라졌습니다.

옛날의 기녀는 '기능을 가진 사람'이라는 의미가 강했는데, 사회 환경에 따라 기능은 부차적인 의미를 가질 뿐 군사들의 위안부 구실이 주 임무가 되기도 했습니다. 따라서 남자의 노리개를 가리키는 '창기'와 같은 개념으로 변해 갔습니다. 그래서 이 책 속에서도 마음 나쁜 사또가, 기생이란 아무나 꺾기 쉬운 꽃과 같다고 생각하는 것입니다.

그러나 한편으로 기생은 '여자라면 아무나 될 수 있는' 존재가 아니었습니다. 얼굴이 고운 것은 말할 것도 없고, 접대를 하는 대상이 귀족들이 많았으므로 예의범절에 뛰어나며 글에도 해박한 지식이 있어야 했습니다.

그래서 한국에서는 기생들이 남긴 시 가운데 많은 작품이 오늘날 높이 평가받고 있습니다. 그 가운데 정확하게 이름이 전해지는 경우는 황진이뿐이지만, 그 밖에 이름을 남기지 못한 많은 기녀들이 쓴 시도 그 작품성이 매우 뛰어납니다. 이름을 남길 수 없었던 것은 신분이 천했기 때문이기도 하지만, 여자가 공부를 하고 글을 쓴다는 것이 주제넘는 일이었던 사회 환경에도 그 이유가 있습니다.

이 《춘향전》 속의 춘향도 역시 양반집 딸 못지않게 교양이 있으며 시를 잘 짓는 것으로 나타납니다. 실존했던 인물 가운데 유명한 기생으로는 뛰어난 시를 썼던 황진이와, 나라를 짓밟은 일본의 장군과 함께 자살하여 애국심으로 널리 알려진 논개 등이 있습니다.

지조가 있고 지혜로운 기생들의 모습은 《춘향전》 외에도 《옥단춘전》 등의 작품에서 엿볼 수 있습니다.

한편 기생들이 입던 옷을 기녀복이라고 했습니다. 조선 시대의 풍속을 나타낸 여러 그림들을 보면, 기생의 옷은 서민들의 옷과 기본적으로 같기는 하지만 색깔이나 입는 방법이나 장신구 등에서 크게 화려하고 보다 사치스러웠습니다. 일반 백성들은 쓰기 힘든 비단이나 가죽을 써서 옷이나 신을 해 입었으며, 금과 은으로 된 장신구를 찰 수 있었습니다.

Gisaeng

Gisaeng, also called as *ginyeo*, were women who were able in singing and dancing, as well as in writing poems or drawing at times. They were called in for various national and palace events to perform and live things up.

In a broader sense, *gisaeng* includes *ginyeo*, women who worked as pharmacist and had knowledge on traditional medicine. In other words, *gisaeng* in general means women with special skills.

The origin of *gisaeng* is not well known, but supposedly it began as beautiful war slaves specially chosen to sing and dance for the king. Another believe is that *gisaeng* used to be sorceress who looked into the future and made offerings to the sky.

It was not easy to become a famous *gisaeng*. Of course they had to be beautiful, and because they had to deal with noble class, they were expected to be courteous and had profound knowledge on literature.

So in present day Korea, many poems written by *gisaeng* are highly thought of. Among them, only that of few have known authors, such as

Hwang Jini, nevertheless those other pieces are regarded as high quality. They could not leave their names not only because their social status was low, but also because at the time, it was socially not common for women to study or read and write.

Chunhyang from 《Chunhyangjeon》 is also depicted as a sophisticated lady almost like a daughter of *yangban*, talented at poem writing. *Gisaeng*'s honorable and wise feature can be seen in various classical Korean literature other than 《Chunhyangjeon》, such as 《Jusaengjeon》 and 《Okdanchunjeon》.

The clothes worn by *gisaeng* were called *ginyeobok*, literally meaning *ginyeo*'s clothes. Various paintings on Chosun dynasty's customs show that *gisaeng*'s clothes were basically similar to those of commoners but the colors were much brighter and the style and accessories were more splendid. Clothes and shoes were made from silk or leather, which normal people could not easily use, and they were allowed to put on gold and silver accessories.

제5장

새로 온 사또의 심보

있던 사또는 서울로 올라가고, 새로 사또가 부임하여 남원 고을에 내려왔습니다. 그러는 동안 시간은 어느덧 훌쩍 지나고, 춘향은 이 도령을 그리워하는 마음에 **수심**이 깊어만 갔습니다. 이때 오랜만에 춘향에게 이도령의 편지가 도착했습니다.

천리만리 떨어진 우리, 밤낮으로 서로 그리워하는구나. 어머니는 건강하시느냐? 이 몸은 **무사히** 도착하여 그간 잘 지내고 있다. 우리 두 사람의 굳은 약속 잊지 않았겠지. 내 마음 네가 알고, 네 마음 내가 아니 다른 말이 무엇이 필요할까? 너를 보고 싶어도 넓은 날개가 없으니 네게 날아가지 못하고, 그 한순간 **난감해**하는 이 마음을 어떻게 설명해야 할까? 네 마음에 가진 것은 정녀의 매울 열(烈)자 뿐이니 우리 들의 깊은 **언약** 지킬 수(守)자 뿐이라도 우리는 분명히 다시 만날 테니 안심하고 기다려라. 하고 싶은 이야기는 많지만, 짧은 편지안에 다 담지 못하고, 내 눈앞에 네 모습 잡힐 듯 아련하구나.

편지를 읽고 난 춘향의 마음은 더 안타까워졌습니다. 보고 싶은 사람이 있지만 쉽사리 찾아가서 만날 수 없는 **신세**가 갈수록 **처량해**졌습니다. 하지만 그럴 수록 이 도령을 향한 춘향의 마음은 더욱 굳어져 갔습니다.

새로 온 남원 부사도 얼마 있지 못하고, 서울 자하동 막바지쯤에 사는 변학도란 사람이 새로운 사또로 부임하게 되었습니다. 변학도는 인물과 **풍채**는 좋은 사람이지만, **풍류**와 **주색**을 한없이 좋아하는 데다가 가끔 괴팍한 성질이 있어 한번 화가 나면 미친듯이 날뛰는 안 좋은 구석이 있었습니다. 거기다가 이한림과 그 다음 사또는 백성들을 잘 다스려 존경을 받았으나, 새로 온 사또는 좀 달랐습니다. 이 변학도라는 사람은 약한 백성을 돌볼 줄 모르고 자기 배를 불리기에만 바쁜 사람이었습니다.

변 사또가 처음 와서 한 일은, 이 고을에 집에 몇 채 있으며 사람들은 가축을 몇 마리씩 데리고 사는지, 굶지는 않는지 살피고 돌보는 것이 아니었습니다. 춤을 추고 노래를 부르며 때로는 잠자리 시중을 들어 자신을 즐겁게 해 줄 기생이 몇이나 되느냐 하는 것이었습니다.

명을 받은 관리들은 이 동네 이름 있는 기생들을 모두 불러다가 **대령해** 놓고 이름을 하나하나 불러 가며 짚었습니다. 이것을 '기생 **점고**'라고 합니다. 기생 점고를 하자 채련이, 홍련이, 봉월이, 추월이, 죽심이, 난향이, 옥섬이 등 많은 이름이 다 나왔습니다. 그러나 변 사또는 불만이었습니다. 사또는 **호방**을 불러다가 슬쩍 물었습니다.

"이 고을에 춘향이라는 예쁜 기생이 있다고 하던데!"

그러자 호방이 아뢰었습니다.

"춘향이가 있긴 있지만 기생 **명부**에는 없습니다. 지난번 사또 아드님과 결혼하기로 해서, 자기 대신 하인을 기생으로 넣어 놓고 지금은 **정절**을 지키는 중이라 합니다."

그 이야기를 듣고 사또는 답답하다는 듯 말했습니다.

"이름이 없으면 넣으면 되는 일이 아니냐? 어린것들이 결혼이라니 말이 되느냐? 기생 주제에 수절이 말이 되느냐. 바삐 잡아들여라!"

이 말을 들은 호방은 난처하기 이를 데가 없었습니다. 이 도령이 떠난 뒤에도 그 사랑을 굳건히 지키고 있는 춘향을 조금이나마 도와주고 싶었기 때문입니다. 그래서 먼저 기생들의 우두머리인 행수 기생을 불러 조용히 가서 춘향을 타일러 보라고 부탁했습니다.

하지만 행수 기생은 춘향이가 이도령에게 정절을 지키는 것이 괜히 못마땅한 사람이었습니다. 아무리 춘향이가 양반의 서녀라 할지라도 어머니의 신분에 따라 기생임에는 분명한데, 혼자서 사랑과 절개를 지키겠다고 두문불출하는 것이 맘에 들지 않았던 것입니다.

"이보시오, 한양 아씨. 새로 부임하신 사또 어른께서 어서 나와 점고하라시니 바삐 들어가세."

"행수 기생님. 저는 기생 명부에서 이름도 빠졌거니와 이 도령이 광한루에서 처음 부르셨을 때도 나아가지 않았는데, 신관께서 지금 부르신다고 해서 어찌 찾아뵐 수 있겠습니까?"

행수 기생은 춘향의 당당한 태도에 주눅이 들었습니다. 듣고 보니 춘향의 말에 일리가 있는 것이었습니다. 행수기생은 별수 없이 호방에게 돌아가 있는 대로 사실을 이야기했습니다.

이 말을 전해 들은 호방은 사또가 화를 낼까 봐 이번에는 군노 사령들을 불러 춘향에게 보냈습니다. 그리하여 군노 사령들이 우당탕퉁탕 바삐 뛰어가 춘향의 집 대문을 박차고 들어갔습니다.

"춘향아! 어디 있느냐?"

춘향이 깜짝 놀라 밖을 내다보며 물었습니다.

"무슨 일이오?"

"춘향아, 너 큰일 났다. 새로 오신 사또가 널 잡아들이라고 하신다."

그러자 춘향의 어머니는 군인들에게 술과 음식을 내주며 **후하게** 대접하고는 돈 닷 **냥**을 주었습니다. 군노 사령들이 깜짝 놀라며 고개를 저었지만, 후한 술과 음식 대접, 그리고 쥐어 주는 돈을 보고 혹하지 않을 사람이 없었습니다. 그래서 군노 사령들은 대접을 잘 받고 돈을 받은 뒤 정신없이 취해 버렸습니다.

관가에 닿은 군노 사령들은 은근히 걱정이 되기 시작했습니다. 불러오라는 춘향은 데려오지 못하고 **얼근히** 취해 버렸기 때문입니다. 그리고는 서로 먼저 들어가라고 재촉하기 시작했습니다.

"박 **번수**, 네 놈 먼저 들어가거라!"

"싫다 김 번수, 네 놈 먼저 들어가거라!"

"야! 우리 그리 말고 셋이 서로 잡고 **거들먹거리며** 들어가자."

결국 군노 사령, 세 사람은 서로의 상투를 **부여잡고** 싸우는 시늉을 하며 관가로 들어섰습니다.

"춘향 잡아들였소!"

이 말을 들은 변학도는 기뻐 동헌 앞마당까지 맨발로 뛰어나왔지만, 춘향은커녕 술에 취한 군노 사령 세 사람이 서로 상투를 부여잡고 있을 뿐이었습

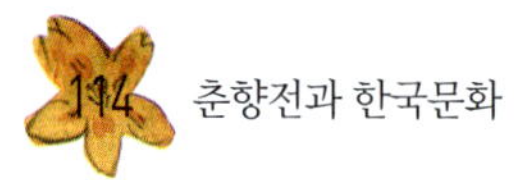

니다. 변학도는 화가 머리끝까지 치솟았습니다.

"저놈들을 **곤장**을 친 뒤에 **옥**에 잡아 가두어라!"

그리고 다른 군인들을 불러다가 다시 명령을 내렸습니다.

"춘향을 잡아들여라. 늦어지면 모두 크게 혼날 줄 알아라!"

다른 군노사령들이 다시 춘향의 집으로 달려가 말했습니다.

"너 때문에 다른 사람 다 죽겠다. 어서 빨리 가자!"

이렇게 재촉을 하자 춘향은 **억울함**에 눈물을 지었습니다.

"들어 보시오. 죄가 있거나 말거나 이렇게 잡아오라고 **성화**를 하다니, 내가 무슨 죄가 있단 말이오?"

군인들이 고개를 설레설레 저으며 대답했습니다.

"네 **처지**가 불쌍하긴 하지만 우리라고 어쩔 수 있겠니? 바삐 가는 게 차라리 낫지 이렇게 늑장을 부리다가는 더 큰일을 당할 거다."

그래서 춘향은 머리를 싸맨 채 옷도 헐어빠진 **저고리**에 치마를 두르고, 울면서 관가로 따라갔습니다.

춘향을 보자마자 변 사또는 천둥같이 크게 소리 질렀습니다.

"잡아들여라!"

그러자 둘러섰던 **포졸**들이 춘향의 머리를 잡아다가 **내동댕이치**듯이 사또 앞에 들여놓았습니다. 날마다 시름에 잠겨 있던 춘향은 옷도 낡았고 머리도 어수선했습니다. 그러나 변 사또가 춘향을 한번 바라보니, 그 모습은 오히려 흙 속에 묻힌 진주 같아 보였습니다.

"모양새가 매우 **수수하고** 좋구나!"

변 사또는 **게걸스럽게** 침을 흘렸습니다.

"네가 이 고을 기생이라 들었는데, 기생을 불러들였을 때 왜 오지 않았느냐?"

"소녀는 한양 가신 전 사또 자제 도련님을 모시기로 약속하고 저 대신 일할 다른 기생을 넣었기 때문에 오지 않았습니다."

변 사또는 크게 화를 내며 말했습니다.

"너같이 길에 아무렇게나 피어 있는 꽃을 누가 꺾은들 무슨 상관이냐? 그런 여인한테 수절이란 말도 되지 않는다. 요망한 말 말고 오늘부터 내 **수청**을 들어라."

"**지어미**는 한 남편을 모시는 법이므로 그 명은 받들 수 없습니다."

춘향의 굳은 대답에 사또는 살살 달래기 시작했습니다.

"네 마음은 잘 알겠다. 하지만 사또 자제를 생각해 보렴. 그 녀석도 역시 한낱 풍류 기분으로 잠시 데리고 놀던 너를 한시라도 생각할 것 같은가? 네 어린 마음에 첫정을 잊지 못해 그러는 것이겠으나, 이 도령을 생각하는 마음으로 나를 섬기면 그 또한 사람들이 열녀라고 칭찬할 것이다."

춘향은 눈 하나 깜짝하지 않고 고개를 저었습니다.

"어째서 한 여인에게 두 남편을 섬기라 하십니까? 사또께서는 나라의 관리로 일하고 계시면서, 나라가 기울어지면 두 임금을 모시려나 봅니다. 만 번을 죽이신대도 따르지 못할 말씀입니다."

결국 변 사또는 크게 성을 내더니 포졸들에게 명을 내렸습니다. 포졸들은 쩔쩔매며 춘향을 묶어다가 **형틀**에 앉혔습니다.

"저것의 입에서 허락하겠단 소리가 나올 때까지 매우 쳐라."

그러자 포졸이 커다란 매를 번쩍 들어 한 번 내리쳤습니다. 그 소리는 맑은 하늘에 벼락 떨어지는 소리 같았습니다.

춘향은 한 대씩 곤장을 맞을 때마다 자신의 절개를 숫자 하나하나에다 뜻을 두어 말하였습니다.

일편단심 굳은마음 **일부종사** 하려는데
일개형벌 치옵신들 잠시라도 변하리까?

아황여황 두왕비의 굳은절개 아옵는데
두지아비 못섬기는 춘향이도 같은마음.

삼종지도 엄격한법 **삼강오륜** 알았으니
갖은 **형벌 귀양**가도 이도령은 못잊겠소.

사대부라 사또님은 백성들은 살피잖고
위력으로 힘만쓰니 남원백성 원망하네.

오륜중의 **부부유별** 굳게굳게 맺은인연
하나하나 찢어낸들 이내마음 변하겠소.

육육은 삼십육으로 매마다 죄를묻고

육만번을 죽인데도 이내사랑 변함없소.

칠거지악 범하였나 이런형벌 웬일이요

칠척검 드는 칼로 어서빨리 죽여주오.

팔자좋은 춘향몸이 제일명관 만났구나.

여보시오 수령님네 악형하러 내려왔소.

구곡간장 굽이썩어 이내눈물 구년지수

구중궁궐 임금님께 이내마음 전하여주.

십생구사 할지라도 굳게굳게 정한뜻을

십만번 죽인대도 변할마음 전혀없소.[2]

이렇게 매를 맞을 때마다 자신의 뜻을 꺾지 않는 춘향을 보고 변학도는 더욱 화가 났습니다.

"이래도 네가 명령을 거역할 것이냐?"

그러나 춘향은 조금도 무서워하지 않고 두 눈을 뜬 채 당당히 말했습니다.

"사또께서는 이렇게 하지 마시고, 그 검을 높이 드시어 이 한 몸을 두 조각

---

2) 십장가의 구성은 다음의 책을 참고하였습니다. 송성욱, 《춘향전》, 민음사, 2004

으로 갈라 버리십시오. 몸은 갈가리 **저미신다** 하여도 목만은 한양으로 보내 주시기를 바랍니다.”

그러자 변 사또는 한층 더 화가 나서 소리쳤습니다.

“저런 몹쓸 것을 봤나! 여봐라, 매우 쳐서 **항복**하게 하라!”

이 명령에 매를 든 포졸도 어쩔 수 없이 계속 내리쳤습니다. 그러는 동안 하얀 옥 같은 춘향의 다리에 빨간 피가 솟구쳤습니다. 이것을 보는 사람들은 매우 가엾고 불쌍하게 여겼습니다.

이렇게 내리 삼사십 대를 몹시 맞고 나니 춘향은 **기절**하여 죽은 듯이 보였 습니다. 그래도 춘향은 끝까지 항복하지 않았습니다. 사또는 화가 머리끝까 지 치밀어 춘향을 옥에 잡아다 가두라고 명을 내렸습니다.

수심(愁心)	매우 근심함. 또는 그런 마음. anxiety
무사(無事)히	걱정할 만한 일이 없이 편안하다. being without accident
난감(難堪)하다	견디어 내기 어렵다. be unbearable
언약(言約)	말로 약속함. 또는 그 약속. a verbal promise
신세(身世)	한 몸의 처지. one's circumstances
처량(凄凉)하다	쓸쓸하고 초라하고 서글프다. be desolate
풍채(風采)	겉으로 드러나 보이는 인상. one's (personal) appearance
풍류(風流)	속되지 않고 운치가 있고 멋이 있음. elegance
주색(酒色)	술과 여자. wine and women
대령(待令)하다	윗사람을 위하여 어떤 것을 준비하여 놓다. waiting for an order command
점고(點考)	명부에 일일이 점을 찍어 가며 사람의 수를 조사함.
호방(戶房)	중앙 정부나 지방에서 호주, 곡물, 조세 따위의 관련된 사무를 맡아보던 하급 관리. a revenue official clerk of the Chosun dynasty.
명부(名簿)	이름, 주소, 직업 따위를 기록한 장부. a register
정절(貞節)	여자의 곧은 절개. woman's fidelity
수절(守節)	남편 없는 여자가 다시 결혼하지 않고 정절을 지키는 것. remain faithful to one's husband
우두머리	어떤 집단이나 조직의 책임자나 가장 높은 사람. a chief

단어 | 單語 | words

서녀(庶女)	정식 부인이 아닌 다른 여자의 몸에서 난 딸. a daughter born of a concubine
두문불출(杜門不出)	집 안에만 틀어박혀 밖에 나다니지 않는 것. confining oneself at home
행수(行首)	한 무리의 우두머리. the head of a group
신관(新官)	새로 부임한 관리. a new appointee
주눅	기를 펴지 못하고 움츠러드는 마음이나 태도. timidity
군노(軍奴)	군에 속한 남자 하인. a servant to army
사령(使令)	각 관아에서 심부름하던 사람. a servant to local government office
후(厚)하다	인심이 좋거나 정이 두텁다. be kind
냥(兩)	옛날 돈의 단위. a nyang
얼근하다	술이 취하여 정신이 없다. be rather tipsy
번수(番首)	그 날의 일을 맡은 사령. a servant on duty
거들먹거리다	잘난 체하며 함부로 행동하다. assume airs
부여잡다	두 손으로 붙들어 잡다. grap hard
곤장(棍杖)	옛날에 죄를 진 사람의 엉덩이를 때리던 형벌 도구. a club
옥(獄)	죄인을 가두어 두는 곳. a prison
억울(抑鬱)하다	원하지 않던 일이나 불공정한 일을 당하여 속이 상하다. suffer unfairness
처지(處地)	처하여 있는 사정이나 형편. a situation

저고리	한복의 웃옷. a Korean jacket
포졸(捕卒)	옛 관아에서 경찰 업무를 담당하던 낮은 직위의 사령. a policeman
내동댕이치다	아무렇게나 뿌리쳐 버리다. throw
수수하다	차린 모습이 돋보이든가 화려하지 않고 평범하다. be ordinary looking
게걸스럽다	마구 음식을 먹거나 물건에 욕심을 내어서 꼴이 아주 흉하다. be ravenous
수청(守廳)	옛날에 기생이 높은 관리에게 잠자리의 시중을 들던 일. bed service
지어미	(옛말에) 아내. a wife
형틀(形-)	옛날에 죄인을 심문하거나 고문할 때 앉히던 형구. a chair in which a criminal is fastened to be interrogated
일편단심(一片丹心)	변함이 없는 마음이나 정성. a sincere heart
일부종사(一夫從事)	한 남편만을 섬김. serving but a single husband
삼종지도(三從之道)	예전에, 여자가 따라야 할 세 가지 도리를 이르던 말. the three duties of married women
삼강오륜(三綱五倫)	유교의 도덕에서 기본이 되는 세 가지의 강령과 지켜야 할 다섯 가지의 도리. the three bonds and the five moral rules in human relations

단어 | 單語 | words

귀양	옛날에 죄인을 서울이나 고향에서 멀리 떨어진 외진 곳에서 일정 기간 지내도록 하던 형벌. banishment
형벌(刑罰)	죄를 지은 사람에게 법에 따라 주는 벌. a punishment
사대부(士大夫)	옛날에 벼슬이나 문벌이 높은 양반, 또는 그 가문 출신의 사람. a man of noble birth
위력(威力)	상대를 압도할 만큼 강력한 힘. power
부부유별(夫婦有別)	남편과 아내 사이의 도리는 서로 침범하지 않음에 있다는 유교의 도덕 규범. distinction of married couple
칠거지악(七去之惡)	옛날에 유교 사회에서 아내를 내쫓을 수 있는 이유가 되는 일곱 가지 사항. the seven valid causes for divorce
칠척검(七尺劍)	칠 척 길이에 달하는 칼. a seven feet sword
구중궁궐(九重宮闕)	임금이 있는 궁궐을 이르는 말. the huge royal palace
십생구사(十生九死)	위태로운 지경에서 겨우 벗어남. 혹은 아무리 어려운 처지에 이른다 해도. a narrow escape from death
저미다	매우 마음을 아프게 하다. be grieved
항복(降伏)	싸움에 진 것을 상대에게 인정하는 것. surrender
기절(氣絕)	한동안 정신을 잃는 것. unconsciousness

탐관오리

장원급제

　탐관오리는 욕심이 많고 행동이 깨끗하지 못하며 부패한 관리를 가리킵니다. 또는 윗사람에게 뇌물을 바쳐서 노력하지 않고 벼슬을 받는 사람을 가리키기도 합니다. 어느 쪽이든 간에, 백성을 다스리는 일에는 관심이 없이 자기의 이익을 쌓는 데에 관심을 가진 관리를 말합니다.

　탐관오리는 자기가 지방의 관리직에 있다는 사실을 이용하여, 백성들의 기름을 짜내고 개인적으로 많은 재물을 쌓았습니다. 이러한 탐관오리는 암행어사가 출두할 경우 관직에서 파면당하고 벌을 받았습니다.

　그러나 중앙 정부의 손길이 모든 지방에 속속들이 미치기는 힘들어서, 많은 백성들이 탐관오리의 지배를 받고 고통 속에 신음했습니다. 조선 후기에 접어들면 탐관오리의 수탈과 부패한 정치를 견디다 못한 각종 농민 반란이 일어나기도 합니다.

　탐관오리가 백성들을 착취하던 방법으로는 크게 세 가지가 있었습니다. 이를 3정이라고 합니다.

1. 군포

군포는 원래 국방의 의무나, 나랏일에 노동력을 동원하는 일을 면제해 주는 대신 내는 세금을 가리킵니다. 옛날 한국의 백성들은 농사를 지으며 먹고 살았기 때문에, 전쟁 때 병사로 끌려가거나 성을 쌓고 다리를 놓는 일에 끌려가면 농사를 제대로 짓기가 힘들었습니다. 이런 일들은 대개 집안에서 가장 할 일이 많은 청년, 장년의 남자가 도맡게 되었으니까요. 이런 일들을 하는 대신 옷감을 비롯한 재물을 바치는 것을 군포라고 했습니다.

그런데 탐관오리는 한 집안의 젊은 남자들에 대해서만 군포를 내라고 한 것이 아니라, 산 사람 죽은 사람 가리지 않고 세금 의무를 지웠습니다. 심지어 집에서 기르는 개까지도 군포를 물게 하여 이것은 백성에게 견디기 힘든 세금이 되었습니다.

2. 전정

전정이란 논을 쓰고 그 사용료를 내는 제도입니다. 백성은 남의 땅을 부쳐 먹는 것으로 살았습니다. 이때 탐관오리는 이 기회를 놓치지 않고, 논 사용료를 원래의 몇 배로 물게 하여 자기 이익을 남겼습니다.

3. 환곡

환곡은 오랜 옛날부터 백성을 위한 제도였습니다. 계절에 따라 벼농사를

지을 때도 있고 보리를 기를 때도 있지만, 추운 한겨울에는 농사를 지을 수 없었습니다. 따라서 백성에게는 일 년 중 특히 굶주리는 시기가 있게 마련이었습니다. 그래서 나라에서는 백성에게 곡식을 꾸어 주었다가 농사를 지은 뒤 갚게 하는 제도를 마련했는데 이것을 환곡이라고 했습니다. 이때 탐관오리는 쌀에다가 모래를 반을 섞어 주는가 하면, 나중에는 엄청난 이자를 붙여 갚으라고 요구했습니다. 심지어는 쌀을 꾸지 않겠다는 백성들에게 억지로 떠맡기기도 했습니다.

탐관오리가 특별히 많이 나타나는 시기가 있다면, 그 무렵의 정치가 어지럽다는 사실을 보여 주는 것입니다. 조선 시대에는 1800년대 이후, 그전의 현명한 왕들이 세상을 떠난 뒤, 나이가 어린 왕이 즉위하는 등, 왕실의 권위가 무너지고 정치가 불안해지면서 탐관오리들이 특히 기승을 부렸습니다.

실제로 있었던 유명한 탐관오리로는, 8만 여 명 농민들의 반란을 불러일으킨 조병갑이라는 관리가 있습니다. 이때의 반란을 기점으로 동학농민운동이 일어나게 됩니다.

Tamgwanori

Tamgwanori is a term used to describe a government officer who is greedy, unvirtuous and corrupted. It also means someone who effortlessly got a position in the government by bribing. Either way, it is a person who does not care about ruling the people and only concentrate on storing up one' s own fortune.

Tamgwanori often abused his own position as the ruler of the local government by deceiving the central government and putting high taxes on the people which ended up in his pocket. When a *amhaengeosa* (royal secret investigator) searched out these *tamgwanori*, he would be fired from his work and punished.

However, it was not easy for the central government to have control over all the local areas, and many commoners had to suffer under the rule of *tamgwanori*. During later Chosun dynasty, not being able to endure the tyranny anymore, many farmers raised up and rebelled against the government. Jo Byeonggap was a real life case of a *tamgwanori*, who is

famous for being the reason of a rebellion by 80,000 farmers. This rebellion led to the Donghak farmer revolution later on.

제**6**장

옥에 갇힌 춘향

　남원 고을 사람들은 춘향이 매를 맞아 거의 죽게 되었다는 소리를 듣고 몰려왔습니다. 몰려온 사람들은 춘향의 얼굴을 살펴보고 **위로**도 하고, 때로는 속을 다스리는 약도 주면서 한바탕 **왁자하게** 떠들었습니다. 한 사람은 춘향을 업고 한 사람은 춘향의 머리에 씌운 **칼**을 받들어, 그 옆에 여러 사람이 둘러싸면서 옥문 앞에 간신히 이르렀습니다.

　사람들이 떠나간 뒤 춘향은 머리에 무거운 칼을 쓴 채로 정신을 차렸습니다. 문득 밖을 내다보니 달이 떠 있는 것이 보였습니다. 춘향은 달을 바라보며 **시름**에 젖었습니다.

　"이 설움을 어찌하면 좋으냐? 우리 도련님을 언제 다시 뵐 수 있을까?"

　형벌을 당한 춘향은 온몸이 **고단했지만**, 무거운 칼을 쓴 채로 누울 수도 쉴 수도 없이 정신이 어지러울 뿐이었습니다.

　이때 **미음**을 쑤어 가지고 온 춘향 어머니는 옥문 앞에서 목 놓아 울었습니다.

　"얘가 말소리도 못 낼 정도로 정신을 잃었구나. 어찌하나! 어찌하나!"

　춘향이 깜짝 놀라 눈을 떠 보니 어머니가 미음을 먹으라고 그릇과 숟가락을 내밀고 있었습니다. 춘향은 고개를 설레설레 저으며 그릇을 물리쳤습니다.

　"미음도 먹기 싫어요. 내가 만일 죽거든, 고운 **베**로 감싸 주고 한양에 올려다가 도련님 다니는 길에 묻어 주세요. 그래서 도련님 오갈 적에 땅바닥 밑에

서 도련님 목소리나 듣게 해 주세요.”

춘향 어머니는 딸이 죽기로 작정하고 있다는 사실을 알았습니다. 그 사실이 더욱 슬프고 **분했습니다**.

“이게 웬 말이냐? 도련님인지 무엇인지 **원수** 같은 몹쓸 놈을 **철석**같이 믿고, 수절인지 무엇인지 하다가 이 형벌을 받으니 원통할 뿐이다.”

모녀의 근심은 **아랑곳없이** 이렇게 여러 달이 지나갔습니다.

춘향이 긴 근심과 한숨을 벗 삼아 감옥에서 나날을 보내던 어느 날이었습니다.

하루하루 꿈인지 생시인지 오락가락하다가 춘향은 문득 꿈을 꾸었습니다. 자기가 집에 돌아갔는데, 주위를 둘러보니 방문 위에는 **허수아비**가 달렸고 **뜰**에는 앵두꽃이 떨어져 있는 모습이 보였습니다. 그리고 거울이 한복판에 깨어져 있는 꿈이었습니다. 춘향이 정신을 차리고 고개를 들어 보니 현실이 아니라 하룻밤 꿈이었습니다. 어쩐지 **불길한** 꿈만 같았습니다.

“이건 내가 죽을 꿈이구나. 도련님을 다시 못 보고 죽으면 눈을 감지 못하리라.”

이렇게 춘향이 **한탄**하고 있을 때였습니다. 마침 허씨 성을 가진 **장님 점쟁이**가 춘향이 있는 감옥 앞을 지나가고 있었습니다. 춘향은 **옥졸**에게 부탁했습니다.

“저기 지나가시는 점쟁이 분을 좀 불러 주십시오.”

봉사가 옥까지 가는 길에는 풀이 가득 돋아 있었습니다. 봉사는 옷을 걷어

안고 눈을 희번덕거리며 코를 찡그리고 막대를 휘저으며 입으로 휘파람 불며 오다가, **쇠똥**에 미끄러지고 **개똥**에 엎어져 손을 짚어 버렸습니다.

"이크! 이게 뭐람?"

봉사는 손을 뿌리치다가 담 모퉁이에 부딪혀 버렸습니다.

이렇게 간신히 옥문까지 찾아가 춘향을 만나게 되었습니다.

봉사는 춘향이가 마치 눈에 보이는 듯이 말했습니다.

"아이고, 저 다리 좀 보아라. 어떤 놈이 이렇게 **매질**을 했더냐. 그놈 이름 알려 다오. 나한테 점 보러 오면 내가 죽을 날을 받아다 주리라."

"말씀은 감사하오나, 이게 다 제가 **죄인**이라 그런 것이지요."

"아니다, 애야. 내가 다니면서 춘향 네 이야기를 들어 보니, 칭찬하지 않는 자가 없더라."

"그럴 리가 있겠습니까. 그런 말씀 마시고 간밤의 꿈이 **고약하여** 점도 보고 꿈풀이도 받으려 합니다. 잘 좀 봐 주십시오."

그리하여 춘향은 꿈을 읊었습니다. 봉사는 꿈풀이를 하기 위해 무어라고 **경**을 읊더니 이윽고 이렇게 말했습니다.

"걱정 마라. 고생 끝에 **낙**이 온다 하였다. 꽃이 떨어지니 열매를 맺을 것이요, 거울이 깨어졌으니 당연히 소리가 나는 법이니라. 또한 문 위에 허수아비를 달았으니 반드시 도령이 급제하여 머지않아 쉽게 만나 볼 **점괘**로구나. 사람들이 모두 **우러러보며** 행복하게 만날 것이다."

꿈보다 꿈풀이가 좋아 보였습니다. 춘향은 쓴웃음을 지으며 고개를 저었습니다.

“그럴 리가 있겠습니까.”

“**염려** 마라, 내 **장담**하마.”

그렇게 말하고 봉사는 떠나갔습니다.

봉사가 떠나간 뒤 춘향은 더욱 밤낮으로 괴로워했습니다. 곧 만나 보게 되리라는 도령은, 막상 한양으로 올라가서 자기를 잊어버리지나 않았는지 걱정이 되었습니다. 이때 춘향이를 불쌍히 여기던 옥졸이 춘향에게 **넌지시** 권하였습니다.

“사또께서 단단히 화가 나신 모양이니, 네 앞날이 어찌 될지 알 수 없구나. 이제라도 늦지 않았으니 한양 계신 이 도령께 편지 한 장이나마 올려 보는 것은 어떻겠느냐? 내 한양에 편지 가져갈 사람은 구해 주마.”

옥졸의 말을 들은 춘향이는 한참을 머뭇거렸습니다. 이제 이 도령에게 편지를 보내어 무슨 **소용**이 있을까 싶어서였기 때문입니다. 하지만 이 도령을 향한 춘향의 굳은 마음은 변함이 없었습니다. 그 마음을 하나하나 담아 조용히 편지를 적어 나갔습니다.

위로(慰勞)	몸이나 마음의 괴로움이나 피로가 풀어지도록 좋은 말과 행동으로 따뜻하게 대하는 것. consolation, comfort
왁자하다	몹시 떠들어서 정신이 없도록 떠들썩하다. be noisy
칼	옛날에 넓은 나무 판자에 구멍을 내어 죄인의 목을 끼우는, 중죄인에게 씌우던 형틀. a cangue
시름	마음속에 있는 근심. worry
고단하다	몸이 피로하여 힘이 없다. be tired
미음	쌀이나 좁쌀을 오래 끓여 걸러내어 환자가 쉽게 먹을 수 있게 만든 음식. a thin gruel of rice
베	삼나무 껍질의 올실로 짠 천. hemp cloth
분(憤)하다	억울하고 원통하다. be mortifying
원수(怨讐)	자기나 자기 집에 해를 입히어 원한이 맺히게 한 사람이나 물건. an enemy
철석(鐵石)	쇠와 돌, 매우 굳고 단단함을 비유하는 말. iron and stone
아랑곳없다	어떤 일에 상관이 없거나 관계하지 않다. have nothing to do
허수아비	논밭에 있는 곡식을 먹으러 오는 참새나 짐승들을 쫓아 버리도록 사람 모양으로 만들어 세운 것. a scarecrow
뜰	집에 딸려 있는 평평한 빈 터. a garden
불길(不吉)하다	나쁜 일이 생길 것 같은 느낌이 있다. be unlucky
한탄(恨歎)	뉘우쳐지거나 원통하여 한숨을 짓는 것, 또는 그 한숨. regrect

단어 | 單語 | words

장님	눈이 먼 사람. the blind
점(占)쟁이	남의 신수나 사주팔자를 봐 주는 일을 업으로 삼는 사람. a fortuneteller
옥졸	옛날에 감옥을 지키는 일을 맡은 사람을 부르는 말. a jailer
쇠똥	소의 똥. cattle dung
개똥	개의 똥. dog dung
매질	사람이나 짐승을 매로 때리는 짓. whipping
죄인(罪人)	죄를 저지른 사람. miserable sinner
고약하다	일 따위가 몹시 꼬이고 뒤틀린 상태에 있다. be hard
경	민속 신앙에서 점치는 소경이 따로 외우는 주문. a magic formula
낙(樂)	즐거움. pleasure
점괘(占卦)	운수의 좋고 나쁨을 점쳤을 때 나온 결과. a divination sign
우러러보다	존경하는 마음을 가지다. look up to
염려(念慮)	앞으로의 일이 불안하여 이리저리 걱정하는 것, 또는 그런 걱정. worry
장담(壯談)	무엇에 대해 확신을 가지고 자신 있게 말함. assurance
넌지시	드러나지 않게 가만히. 은근히 간접적으로. by hints
소용	이익이나 효과가 있는 일에 쓰임. usefulness

한국의 점

춘향의 편지

한국의 민간신앙의 대부분을 이루고 있는 것은 굿이나 무당과 같은 무속신앙과 함께 점복·예언을 들 수 있습니다. 넓게 본다면 점도 무당들이 주로 봐 주기 때문에 무속의 일부를 이루고 있다고도 할 수 있습니다. 하지만 점은 무속의 특징은 굿을 통한 행사가 아니라는 점에서 일반적인 무속신앙과는 구별할 수 있습니다.

점을 보는 사람들의 마음에는 두 가지가 있습니다. 하나는 알지 못하는 불안에서 벗어나고자 하는 것이고, 다른 하나는 사람들의 인생이 초월적인 힘에 의해 결정되어 있다는 운명론적인 마음입니다. 그러므로 점은 단순히 알 수 없는 미래를 예상해 보는데 그치는 것이 아니라, 그 원인을 알아냄으로써 불안한 인생 문제를 해결해 보고자 하는 것입니다.

대한민국은 지금까지 이러한 '점'을 보는 풍습이 많이 남아 있습니다. 사람들은 좋지 않은 일이 생기거나 미래가 불안하면, 비록 종교를 가지고 있다 하더라도, 점을 보는 '점쟁이'에게 찾아가 미래를 묻고 대비를 합니다. 특히 결혼을 위해서는 결혼하는 두 사람의 생년월일을 맞추어 두 사람이 나중에도 서로 어울려 잘 살 수 있는지 '궁합' 이라는 점을 쳐 보기도 하고, 대학 입학 시험이나 새로운 사업의 시작과 같이 중요한 일이 있을 때는, 점쟁이한테 가서 '부적' 이라는 나쁜 일을 막아 주는 종이를 받아 몸에 지니거나 방에 붙여 놓기도 합니다.

또한 부모님이나 조상의 묘를 쓰는 데 있어서도 그냥 아무 곳이나 잡지 않고 묏자리를 잡는 전문가에게 문의하여 좋은 자리를 선택하기도 합니다. 이런 문화를 '풍수지리' 라고 하는데, 조상의 묘를 좋은 곳에 쓰면 그 후손들이 복을 받는다는 믿음이 존재하기 때문입니다.

이러한 한국의 점에는 여러 종류가 있습니다.

먼저 자연현상을 보고 파악하는 것입니다. 자연현상과 인생은 서로 밀접한 관련이 있는 것으로 믿어 천재지변이나 유성과 같은 자연현상을 보고 인생의 앞날을 점치고 예언하는 것입니다. 현재에는 이러한 점은 거의 사용되지 않습니다.

둘째는 동물이나 식물에 의한 점입니다. 이 점은 요즘도 찾아볼 수 있는데, 대표적인 것이 '새점' 입니다. '새점'이란 새장 안에 있는 새가 뽑아 주는 내용을 보고 점을 보러 온 사람의 미래를 예측하는 것입니다.

셋째는 《춘향전》에 등장하는 꿈의 내용을 풀이해 보는 해몽점입니다. 꿈은 우리의 감각과 의식을 넘어서는 신비로운 것이라는 생각을 가지고 있기 때문에 꿈의 내용을 해석해 보면 미래를 예측할 수 있다고 믿기 때문입니다. 《춘향전》에서도 이 꿈풀이가 다음 사건을 예고하는 역할을 하고 있습니다.

넷째는 무속 신의 힘을 빌리는 신점입니다. 이것은 신령이나 귀신이 직접 좋은 일이나 나쁜 일을 전해 준다는 무속신앙에서 나온 것으로 무당들의 중요한 역할 중의 하나입니다. 따라서 이러한 신점을 보기 위해서는 무당을 찾아가 미래를 점쳐 보기도 합니다.

다섯째는 내기나 놀이를 통한 승부점입니다. 농사가 중시되던 예전에는 해마다 마을 사람들이 줄다리기 등 승부를 겨루는 행사로 그 해 농사를 예측하기도 합니다. 또한 널뛰기나 그네뛰기를 통해 그해 운수를 예상해 보기도 합니다.

여섯째는 사람들의 얼굴이나 손 모양, 머리 모양을 살펴보고 정하는 관상점입니다. 이러한 점은 한국에서 가장 보편화되어 있는 것으로 손 모양이나 손금을 보고 치는 점은 일반 사람들에게도 널리 퍼져 있습니다.

일곱째는 《주역》이나 사람이 태어난 년도, 달, 일, 시간을 통해 풀어 보는 점이 있습니다. 이를 '사주팔자'라 하는데 이 또한 한국 사회에 널리 퍼져 있는 점입니다. 또한 《토정비결》을 통해 신년 운수를 예측하는 것도 있는데, 《토정비결》은 토정 이지함이라는 조선시대 선비에 의해 지어진 책으로 그해 운수를 시구와 같은 내용을 풀이합니다. 《토정비결》을 보게 되면 자신의 한 해 운수가 하나의 시구로 표현되는데, 이를 어떻게 해석하느냐에 따라 한 해의 운수가 좋을 수도 있고 나쁠 수도 있으니, 크게 믿을 수 있는 것은 아니라고 볼 수도 있습니다.

Korea's fortunetelling

There are still many people in Korea who believe in traditional fortunetelling(*jeom*, in Korean) and have faith in shamanist customs like *gut*(exorcism) and *mudang*(sorceress). In a broader sense, *mudang* often do the fortunetelling so we can say that *jeom* is also part of the shamanist customs. However, *jeom* is not part of gut, a typical shamanist event which distinguish it from average shamanist customs.

The tradition of *jeom* still remains in Korea. When something unfortunate happens, or the future is insecure, even a religious person at times go see a fortuneteller(*jeomjaengi*) to ask about the days ahead, and be prepared. Especially those who plan to get married see if they have a good match by looking at their *gunghap*(predicting their marital harmony calculated by their birthdays), or when someone have an important event coming up soon such as college entrance exam or beginning a new business, they go to *jeomjaengi* to receive a piece of paper called *bujeok*(charm) to block off bad luck by simply carrying the paper or have them put on the wall.

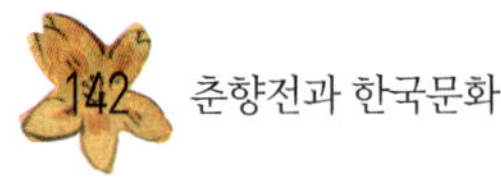

Many people go to a special grave chooser to decide where to have the grave for one's parents or ancestors. Such culture is know as *pungsujiri*(the theory of geomancy, related to what often known to the west as fengshui), and it is believed that when the ancestor is buried at a good place, the descendants will be blessed.

In 《Chunhyangjeon》, there's an episode about *haemongjeom*(fortunetelling by explaining what a dream means).

They believed that dream is a mysterious phenomenon beyond our senses and consciousness, and thought that analyzing dreams will tell us more about the future. In 《Chunhyangjeon》, the interpretation of a dream forshadows the events to come.

제 7 장

과거 시험에 합격하다

한편 이 도령은 한양으로 올라가 밤낮으로 공부에 힘썼습니다. 빨리 과거에 급제하여 춘향을 만나 보고 싶기 때문이었습니다.

과거에 **급제**하려면 잠잘 시간은 물론 춘향을 그리워할 시간조차 아껴야만 했습니다. 그리하여 도령은 보고 싶은 마음을 꾹 접어 두고 책만 읽었습니다.

원래부터도 도령은 **총명**하기 이를 데 없었습니다. 그런 데다가 이렇게 열심히 공부하니, 도령의 글 솜씨나 학문은 다른 사람들이 감히 따라잡을 수 없을 정도에 이르렀습니다.

드디어 과거 시험 날이 되었습니다. 도령은 문제가 나오자 그 자리에서 바로 술술 써서 남들보다 먼저 시험지를 냈습니다. 그 글은 너무나 아름다워 **흠**잡을 데가 하나도 없었습니다. 결국 이 도령은 많은 사람들을 제치고 장원급제를 하게 되었습니다. 오랜 시간 열심히 노력한 보답을 받은 것입니다.

임금님은 과거 급제자를 불러들여 칭찬하고 **소원**을 물어보았습니다. 이 도령은 대답했습니다.

"**천하**는 넓은데 **궁중**은 깊고 깊어 백성의 어려움을 모두 살필 수가 없습니다. 따라서 **소신**이 여러 **지방**을 돌면서 사또들은 백성을 잘 다스리는지, 백성은 잘살고 있는지 지켜보고자 합니다."

임금은 이 말을 듣고 매우 기특하다고 생각했습니다.

"네 말을 들으니 나라 사랑하는 마음이 무척 큰 것 같구나."

이렇게 해서 도령은 임금님의 명을 받아 암행어사가 되었습니다. 어사는 임금님께 깊이 절을 올리고 물러나왔습니다.

어사는 길 떠날 준비를 갖추었습니다. 그 모습은 얼핏 보기에는 임금의 명을 받은 관리라기보다 남의 집에서 밥을 빌어먹는 거지와 같았습니다. 어사 신분임을 나타내는 마패는 허리에 차긴 했지만, 갓은 완전히 헐어 빠진 것을 쓰고, 역시 낡아 떨어져 너덜거리는 도포를 입었습니다.

여기에 구색을 갖추어 박 쪼가리와 부채와 담뱃대를 꾸려 가지고 길을 떠났습니다. 이렇게 꾸미고 나서는 모양을 보니 그 모양은 그대로 거지 차림이었습니다.

어사는 역졸들을 데리고 가만히 숭례문에 내달아, 길 떠난 지 여러 날 만에 전라도로 들어서는 길에 이르렀습니다. 어사는 역졸들에게 말했습니다.

"여기부터는 너희들을 각 곳으로 보낼 테니 나 시킨 대로 다녀오너라."

그리하여 어사는 각 역졸들에게 어디어디로 가서 돌아보다가 남원 읍으로 와야 할지 자세히 알려 주었습니다. 남원에서 만날 약속을 정한 뒤 역졸들을 모두 보내고, 어사는 혼자서 고을마다 백성들의 사정을 낱낱이 보아 가며 남원으로 내려왔습니다.

때는 봄이라 좋은 시절이었습니다. 산이 겹겹이 펼쳐지고 바위가 층층이 쌓여 있으며, 소나무는 푸르렀고 물새는 날아가며 두견새와 접동새가 넘놀고 있었습니다. 온갖 새가 날아들며 여러 가지 풀과 나무가 무성히 자라고 있었습니다. 남원으로 내려가는 도중 지나는 고을마다 사람들이 분주했습니다. 어사가 내려온다는 소문이 돌았는지 관리들은 백성들을 열심히 돌보기 위해

힘쓰고 있었습니다.

산모롱이를 돌아 내려올때, 구슬픈 노랫 소리가 들렸습니다.

어이 갈까? 한양 천 리 어이 갈까? 길은 멀고 먼데, 한양성은 어디쯤이냐?

어떤 사람은 팔자 좋아 부귀영화 누리고, 이놈의 팔자는 어이하여 이다지 곤궁할까?

남의 편지 대신 전하러 나섰는데 내 신세도 서럽지만 춘향 신세 더욱 서럽구나.

모지도다 독하도다 신관 사또 독하도다. 열녀 춘향 몰라보고 위력 겁탈하려한들 송죽같이 굳은 춘향 절개 누구한테 꺾이리오?

어이 갈까? 어이 갈까?

노랫소리는 어디선가 많이 듣던 목소리였습니다. 어사는 곰곰이 기억을 되살려 보았습니다. 예전에 남원에서 자신의 시중을 들어 주던 방자가 분명했습니다. 몇 년의 시간이 지났지만 방자가 분명했습니다. 하지만 방자의 노랫소리는 이상했습니다. 춘향을 위력 겁탈하려 한다니, 춘향에게 무슨 일이 생긴 것이 분명했습니다. 어사는 모른 척하고 방자를 불러 보기로 했습니다.

"어이 얘야? 이리 좀 와 보려무나."

"왜 부르오? 새파랗게 젊은 양반이 나 같은 총각 어른을 보고 오라 가라 하게?"

"어이 내 잠깐 실수했다. 노하지 말고, 이리 좀 오려무나. 자네는 어디 사시는가?"

"남원 사오."

"그러면 어디 가시오?"

"한양 **구관** 댁에 편지 가지고 가오."

"그럼 그 편지 나 좀 봅시다."

"여보! 남의 편지 사연이 어찌된 일인지 알고 함부로 보잔 말이오?"

"어허! 이 총각이 뭘 모르는구먼. 옛글에 이르되, 지나가는 사람이 또한 열어 볼 수 있다 하였으니 좀 읽어 봐도 문제 있겠소?"

"어참! 이상한 사람 다 보겠네. 좋소이다! 가뜩이나 춘향 신세 서러운데 어디 보기나 하시오."

어사는 방자의 편지를 열어 보았습니다. 춘향의 **절절한** 사연이 담겨 있었음은 물론입니다.

시간이 어느덧 흘러 저희가 이별한 지 삼 년이 지났습니다. 오고 가는 편지가 끊기었으니 저승을 오고 가던 청조가 끊어진 격입니다. 서방님 떠나신 북쪽 하늘 바라보면 언제나 그리움에 눈물짓습니다. 서방님을 그리워하며 슬퍼하던 수많은 밤들이 떠오릅니다. 신관 사또 부임 후에 수청 들라 하시기에 어려운 제 처지 말씀드리고 듣지 아니 하였더니, 온갖 악형을 당하여 모진 목숨 얼마 남지 않은 듯하오나, 서방님 향한 일편단심 변하지 않고 낭군에 대한 절개를 지키다 죽는 것은 당연한 제 도리오니 그건 한이 없사오나, 서방님 얼굴 한

번 더 보지 못하고 저세상으로 가는 것이 원통할 따름입니다. 비록 제가 세상에 없더라도 서방님은 너무 슬퍼하지 마시고, 금옥같이 귀한 몸을 잘 보전하시어 한낱 꿈같은 이세상 **부귀영화** 누리시고 다음 세상에 이 춘향이 만나 이별 없이 살까 하나이다.

어사는 춘향의 편지를 보며 눈물을 흘렸습니다. 이제 사랑하는 춘향에게 다가가는데, 이런 모진 형벌을 당하고 있다니 더 이상 참을 수가 없었습니다. 슬픔과 **분노**가 가득한 어사는 잠시 자신의 신분도 잊어버리고 말았습니다.

"내 이놈의 신관을 가만두지 않겠다!"

어사의 분노에 깜짝 놀란 것은 방자였습니다. 아까부터 아무래도 낯익은 얼굴이다 싶었는데 거지꼴 차림의 젊은 양반이 남원 부사를 가만두지 않겠다니요? 방자는 이제야 길 가던 행인이 왜 자신을 불렀는지, 그리고 왜 남의 편지를 함부로 꺼내어 읽고자 했는지 깨달았습니다.

"도련님, 저를 용서해 주십시오. 제가 그간 뵈온 지 오래되었다고 잠시 도련님 얼굴을 잊고 있었습니다."

어사는 소매로 눈물을 훔치고 대답하였습니다.

"방자야, 오랜만이다. 그간 별고 없이 잘 지내었느냐."

"도련님이 이렇게 내려오시니 이제 춘향이는 별걱정 없겠습니다. 소인을 다시 도련님께서 거두어 주신다면 지금 당장에라도 신관을 혼쭐내 주겠습니다."

"네가 갑자기 무슨 소리를 하느냐?"

"소인을 속이려 하지 마십시오. 제가 그래도 관가에서 눈치 보며 지낸 지 한참이 되는 놈입니다요."

어사는 혹시 방자를 통해 자신이 몰래 전라도 지역을 순시하고 있다는 사실이 드러날까 겁이 났습니다. 그래서 다시 편지를 써서 운봉으로 방자를 보내었습니다. 방자를 잠시 운봉옥에 가두라는 내용을 담아서 말입니다.

어사는 방자를 보내 놓고 다시 길을 재촉했습니다. 남원 땅이 가까워 오자 어사는 반가운 마음이 앞섰습니다. 남원의 땅만 보아도 반가웠고 남원의 흙냄새만 맡아도 들떴습니다. 남원의 봄바람은 다른 고장의 봄바람과 다른 것만 같았습니다.

산모롱이를 돌아가니 농부들이 모를 심으면서 노래를 부르고 있었습니다. 그 노래는 태평성대를 노래하며 흥겹게 부르는 농부들의 노래였습니다. 그러나 그 노래는 어쩐지 힘없이 들렸습니다. 일도 신명 나게 하지 못하는 것 같았고, 노래는 죽지 못해 부르는 것만 같았습니다. 춘향의 일 말고도 남원에는 좋지 않은 일이 가득한 모양이었습니다. 어사는 부채로 얼굴을 가리고 이 소리를 들은 뒤에 생각했습니다.

"저 농부들의 말을 들어 보아야겠다."

어사는 농부들에게 다가갔습니다.

"여보시오, 이 고을 인심은 어떠합니까? 사또는 백성들을 잘 돌보고 있습니까?"

그러자 이 말을 들은 한 농부가 가당치도 않다는 듯 손을 내저었습니다.

"무슨 그런 말씀을 하오? 우리 백성들은 죽을 판이라오."

그리고 뒤에 있던 늙은 농부가 덧붙였습니다.

"선비께서는 어디 오래 떠나 있다 오신 모양이구려. 그러니 이곳 사정을 잘 모를 수도 있지."

어사는 속으로 생각했습니다.

'역시 동네 사정은 경험 많은 늙은 농부들에게 묻는 것이 빠를 것이다.'

그래서 다 알고 있는 춘향의 소식을 듣기 위해 은근히 슬쩍 떠보았습니다.

"이곳 원님이 백성들에게 잘하는지 못하는지는 잘 모르지만, 듣자 하니 춘향이란 기생을 취해다가 수청을 들게 한다지요? 덕분에 춘향이는 밤낮 호강만 한다는데 그 말이 맞습니까?"

그러자 이 말을 듣고는 다른 데 있던 농부들까지 우르르 쫓아와 어사에게 화를 내기 시작했습니다.

"이 거지가 뭘 모르고 헛소리일세. 세상에 둘도 없는 열녀 춘향이를 몰라보고 거짓말을 듣고 와서 **모함**을 하네. 사또가 수절하는 춘향이를 때리고 옥에 잡아 가두었는데, 옛날 사또 아들인지 무엇인지는 한번 떠난 뒤 전혀 소식도 없으니 그런 나쁜 놈이 어디 있담."

어사는 가슴이 **뜨끔했습니다**. 하지만 한편으로는 무엇보다도 춘향이의 굳은 마음이 고을 사람들에게 인정받고 있다는데 감동 받았습니다.

"남의 일을 잘 몰라 그런 것이니 그렇게 화는 내지 마오."

어사는 마음이 급해졌습니다. 그래서 그 자리를 바삐 떠나 또 한 모롱이를 돌아갔습니다.

문득 가다 보니 머리가 하얀 노인이 길에 앉아 **한가히** 노래를 부르고 있었습니다. 그래서 어사는 또 말을 걸었습니다. 다른 이들의 생각도 확인해 봐야 하기 때문입니다.

"노인장, 이곳 사또가 춘향이를 데려다가 수청 들게 하고 호강시킨다는 말이 있는데 정말 그렇습니까?"

이 말을 듣고 있던 노인은 버럭 화를 내었습니다.

"그 무슨 소리란 말이오? 소나무같이 깨끗하고 곧은 춘향에게 그런 **누명**을 씌우지 마시오. 원님이 춘향이가 수청 안 든다고 옥귀신으로 만들었는데, 옛 사또의 아들인지 무언지는 그런 아씨를 버려두고 찾지를 않으니 그런 녀석이 천하에 어디 있겠소!"

어사는 이렇게 사람들의 이야기가 모두 **한결같다**는 것을 확인하고, 신관의 문제를 빨리 해결해야겠다는 생각이 간절했습니다. 그리고 발걸음은 더욱 빨라졌습니다.

급제(及第)	옛 과거 시험에 합격한 일. success in an examination
총명(聰明)	아주 영리하고 재주가 있음. brightness
흠(欠)	사물이나 일의 불만스럽거나 불완전한 점. a fault
소원(所願)	이루어지기를 바라던 일. one's desire
천하(天下)	하늘 아래 온 세상, 또는 한 나라 전체. the world, the whole country
궁중(宮中)	궁궐의 안. the Royal Court
소신(小臣)	옛날에, 신하가 임금에게 자기를 낮추어 이르는 말로 저. an attendant
지방(地方)	한 나라의 수도 밖의 지역. a region
빌어먹다	남에게 거저 얻어서 먹다. live as a beggar
거지	남에게 빌어먹고 사는 사람. a beggar
마패(馬牌)	조선 시대에 관리가 나라 일로 지방에 갈 때 역마를 거저 탈 수 있는 권한을 증명하던 둥근 패. the round metal tag with which the officer can borrow horses from the local government official
갓	옛날에 말총으로 만들어 어른 남자가 머리에 쓰던, 테가 넓고 둥근 모자. a traditional cylindrical Korean hat
도포(道袍)	예전에, 통상 예복으로 입던 남자의 겉옷. Korean full-dress attire in olden days
부채	손으로 흔들어 바람을 일으키는 간단한 기구. a fan

단어 | 單語 | words

구색(具色)	하나의 전체의 모양을 만들기 위하여 필요한 부분들. an assortment of goods
담뱃대	담배를 넣어 피우는 데 쓰이는 도구. a smoking pipe
역졸(驛卒)	조선시대 역에 딸린 심부름 꾼. a postman
분주(奔走)	몹시 바쁘게 뛰어다님. busyness
산모롱이	산의 아랫부분으로 길이 굽어서 돌아가는 곳. the spur of a hill
구슬프다	아주 슬프다. sorrowful
곤궁(困窮)	상황이 매우 어려움. distress
독하다	마음이나 성격이 인정이 없고 모질다. be spiteful
곰곰이	생각을 여러 모로 깊이. considering carefully
송죽(松竹)	소나무와 대나무를 아울러 이르는 말. pine and bamboo
시중	직접 돕고 보살피는 일. attendance
새파랗게 젊은	아주 젊은. youthful, juvenescent
구관(舊官)	앞서 그 자리에 있던 벼슬아치. the former governor
절절(切切)하다	몹시 간절하다. be earnest
부귀영화(富貴榮華)	재산이 많고 지위가 높으며 귀하게 되어서 세상에 드러나 온갖 영광을 누림. wealth and prosperity
분노(憤怒)	분하여 몹시 성을 내는 것. anger
농부(農夫)	농사를 짓는 남자. a farmer
태평성대(太平聖代)	매우 편안한 세상, 또는 그런 시대. a peaceful reign

단어 | 單語 | words

모를 심다	벼의 씨를 싹 틔워 둔 것을 논에 옮겨 심는 것. set out rice plants
신명	신이 나고 흥겨운 것. in one's high spirits
인심(人心)	남의 딱한 사정을 알아주고 도와 주려는 마음. kindheartedness
가당치도 않다	전혀 사리에 맞지 아니하다. incorrect
모함(謀陷)	좋지 않을 일을 꾸며 남을 어려운 처지에 빠지게 하는 것. a plot to entrap
뜨끔하다	마음에 가책을 받아 순간적으로 찔리거나 켕기다. be stinging
한가(閑暇)하다	별로 할 일이 없어 바쁘지 않고 여유가 있다. be free
누명(陋名)	사실이 아닌 일 때문에 억울하게 얻은 나쁜 평판. a false charge accusation
한결같다	처음부터 끝까지 꼭 같다. 언제나 변함없다. be constant

과거제도

옥중 만남

과거제도란 예전 중국이나 한국에서 관리를 뽑던 제도를 말합니다. 한국에서는 서기 958년(고려 광종 9년)에 중국에서 당시 고려 사람으로 귀화한 쌍기(雙冀)라는 사람의 건의에 의해서 처음 시행되었습니다.

고려시대부터 시행된 과거제도는 관리를 뽑아 등용하는 아주 오랜 제도입니다. 일단 나라를 다스리고 관리가 되기 위해서는 그 사람이 가지고 있는 신분이나 지위도 중요했지만, 일단 과거 시험을 통과할 수 있는 능력을 가지고 있느냐가 가장 중요한 조건이었습니다.

이러한 과거제도는 고려, 조선시대를 거쳐 꾸준히 지속되었으며, 조선시대 말에 이르러서야 폐지되었지만, 능력별로 일할 사람을 뽑는 매우 합리적인 제도였습니다.

과거는 원래 양인(노비가 아닌 일반 사람)의 신분이면 누구나 볼 수 있는 시험이었지만, 실제로는 양반이나 귀족과 같은 최상위 신분층만 응시할 수 있었습니다. 이런 이유로, 양반이나 귀족의 자제는 누구나 열심히 공부해서

과거에 합격하는 것이 절대적인 목표였습니다.

《춘향전》에도 이러한 모습이 잘 나타나 있습니다. 단옷날 광한루에 놀러갔다가 춘향을 보고 한눈에 반한 이 도령이 집에 와서 할 수 있는 일은 열심히 책을 읽는 일뿐이었습니다. 그리고 이몽룡의 아버지 이 한림도 아들의 공부에 많은 관심을 가지고 있음을 알 수 있습니다.

조선의 과거제도는 크게 생원시험과 진사시험, 문과 시험과 무과시험. 그리고 다양한 기술관리를 뽑는 잡과 시험으로 나뉩니다. 또한 시험을 치르는 시기에 따라 정시적인 과거와 부정기적인 과거가 있었습니다.

정기적인 과거 시험은 3년에 1회씩 실시하고 식년시라 불렀으며, 부정기적으로 본 과거 시험은 필요에 따라 수시로 열렸던 것을 말합니다. 생원시는 유교의 경전을 누가 더 잘 해석하는가를 겨뤄 보는 시험이었고, 진사시는 글짓기 시험이었습니다. 두 시험 다 초시와 복시라는 두 단계로 나뉘어 있었으며 각각 100명씩을 뽑아 생원·진사의 칭호를 내려 주고 조선시대 국립대학인 성균관에 입학할 수 있는 자격을 주는 시험이었습니다. 이 두 시험을 합해 사마시(司馬試)라고도 했는데, 이 시험은 과거 시험의 최종 단계인 문과 시험의 예비시험의 성격을 지니고 있었습니다.

과거 시험의 최종 시험인 문과에는 초시·복시·전시의 3단계 시험이 있었습니다. 대개 문과의 최종 합격자 수는 33명이었고, 합격자들은 성적에 따라 1등급(갑과) 3명, 2등급(을과) 7명, 3등급(병과) 23명으로 뽑혔습니다.

무과는 고려시대 말에 처음으로 도입되었지만, 실제로 처음 실시되었던 것은 조선시대 태종이라는 임금 때부터입니다. 시험 과목은 활쏘기, 창쓰기, 격

구(서양의 폴로 경기와 비슷한 한국의 전통경기)와 같은 무술 시험과 전쟁지
식과 유교 경전에 대한 시험도 치러졌습니다.

잡과는 통역관을 뽑는 시험, 국가의사를 뽑는 시험 등이 있었습니다. 통역
관을 뽑는 역과는 대외 외교 정책을 수행하는 데 필요한 통역관을 키우고 선
발하는 목적으로 시행되었습니다.

조선시대 중기 이후 사회변동에 따라 과거제도에도 많은 문제점이 드러났
습니다. 따라서 《춘향전》의 변학도와 같이 능력도 없으면서 관리로 출세하는
사람이 등장하게 된 것입니다.

과거제도는 지금까지 한국 사회에 많은 영향을 주고 있습니다. 한국 문화
에서 시험은 언제나 중요한 위치를 차지하고 있는데, 이는 예전부터 과거제
도를 통해 시험의 중요성을 누구나 인식하고 있었기 때문입니다. 즉 시험을
통해 능력별로 사람을 뽑는 제도의 전통이 오래되었기 때문입니다. 이에 따
라 국가 관리를 뽑는 시험의 합격은 사회적인 성공의 지름길처럼 인식되었기
때문에 지금의 한국 사회에서도 과거 시험과 비슷한 공무원 시험의 합격이
나, 법관이 되는 사법 시험의 합격은 많은 사람들이 부러워하는 성공의 지름
길처럼 여겨지고 있습니다.

Gwageoje

Gwageoje is a system of choosing government officials in the old China and Korea. In Korea, it has a long history which began since the Goryeo dynasty to select and appoint officials. Through Goryeo and Chosun period, *gwageoje* continued on until it was abolished at the end of Chosun dynasty. It was a very practical system to choose who will work where according to one's ability.

Originally, *gwageo* was a test anyone may take, but in reality only the highest social group such as *yangban* or the noble class could take the exam. For this reason, goal of any *yangban* children was to study hard and pass this exam.

《Chunhyangjeon》 also shows such scenes. Yi Mongryong who falls in love with Chunhyang at Gwanghallu, but when he comes home only thing he can do is to read and study books. Also, we can see that father of Yi is also highly concerned about his son's studies. After mid-Chosun period, as the society had changed the *gwageo* system revealed many problems. This was why someone like Byeon Hak-do from 《Chunhyangjeon》 could become a successful official despite of his incompetence.

The *gwageo* system is still effecting the Korean system even today. Any exam is socially considered very important in Korean society because people think the exam as a route to success life, from the *gwageoje* experience of the past. In other words, the tradition of selecting needed human resource through an exam is very old. Therefore, passing the entrance exam to work for the government is thought as a shortcut to social success, and even now many envy those who pass the government office entrance exam or the bar exam to become a judicial officer.

제8장

다시 만난 두 사람

이 도령은 이렇게 바쁘게 남원성 안으로 들어가 이곳저곳을 둘러보기도 하고 묻기도 하면서 지나쳐 갔습니다.

한편 **관리**들은 한양에서 어사가 내려온다는 소문을 듣고 불안해졌습니다. 지금까지 고을을 충실하게 다스리지 못했기 때문이었습니다. 게다가 임금의 **명**을 받은 어사가 온다는데, 흠잡을 만한 데가 있기라도 하면 큰일이었습니다. 그래서 뒤늦게 곳곳을 정리하고, 어사가 **출두**할 것에 철저히 준비하고 있었습니다.

이윽고 어사는 춘향의 집까지 이르렀습니다. 옛날 보았던 춘향의 집이 아닌 것만 같았습니다. 얼마나 집을 돌보지 않았는지 **꾸밈새**가 **초라한** 것은 둘째치고 도무지 사람이 사는 집 같지 않았습니다.

바깥 **담장**은 **자빠지고** 안채는 기울어져 서까래가 넘어지고, **마당**은 개똥밭이 되어 실로 **한심**하기 이를 데 없는 모양이었습니다. 춘향 어머니는 이렇게 집 모양새가 어떻게 되거나 말거나 그만두고, 다만 **제단**에 올라 **정화수**를 새로 떠서 **쟁반**에 **받쳐** 놓고 두 손을 모아 무릎 꿇고 하늘에 빌고 있었습니다.

"천지신명은 **굽어 살피소서**. 춘향이가 죄 없이 옥에 갇혀 거의 죽게 되었습니다. 한양 계신 이 도령을 과거에 급제시켜 전라도 **관찰사**나 전라도 암행어사로 내려오게 하여 주소서. 그리하면 내 딸 춘향이가 살아나지 않겠습니까. 이렇게 비오니 내 딸 춘향을 살려 주시옵소서."

이렇게 정성스럽게 **기도**를 올리며 눈물을 흘리고 있는 춘향 어머니를 보고 어사는 마음속으로 생각했습니다.

'내가 우리 조상님이 보살펴 주신 **덕**으로 어사가 된 줄 알았는데, 이제 보았더니 춘향 어미의 정성 덕이로구나. 저렇게 빌며 기다리고 있는데 이 모양이 꼴로 들어가면 얼마나 **욕**을 먹을꼬.'

그러나 한편으로는 이것이 춘향네 집 사람들의 덕을 시험해 볼 좋은 기회라 생각했습니다. 어사는 **헛기침**을 한번 한 뒤 목소리를 높였습니다.

"춘향 어미 게 있는가?"

"누구시오?"

기도를 하던 춘향 어머니는 뜻밖의 목소리에 눈물을 훔치고 대답했습니다. 어사는 **천연덕스럽게** 말했습니다.

"나요."

"나라니 누구?"

"이 **서방**일세."

"이 서방이 누구시오? 쌀값 받으러 온 이 서방인가?"

"쌀값 받으러 오지 않았다네."

"그럼 술값 받으러 온 이 서방인가?"

"술값 받으러 온 것도 아니네."

"아 그럼 대체 누군가? 애야 향단아. 귀찮아 못 살겠다. 좀 나가 보아라."

종 향단이가 나왔습니다. 그러나 향단이는 어사의 **허름한** 차림을 보고는 춘향의 서방인 줄 얼른 알아보지 못했습니다. 그래서 들어가 주인마님에게 일렀습니다.

"거지가 왔습니다."

춘향 어머니는 그 말을 듣고 답답하기도 하고 화도 났습니다.

"이 **염치**없는 거지야. 어디서 왔기에 내 소식 못 듣고 **동냥** 달라 왔는가? 내 딸 춘향이가 옥에 갇혀 거의 죽게 되었는데 동냥은 무슨 동냥!"

"허허, **구걸**하러 온 것이 아닐세. 나를 몰라보는가? 서울 사는 이 서방, 춘향이 서방, 당신 **사위**일세."

춘향 어머니는 깜짝 놀랐습니다. 이제 오랜 기도에 대한 대답을 듣게 되었구나 싶었습니다. **지옥**에서 살길을 찾은 것만 같았습니다.

"응, 누구? 이 서방이라고!"

춘향 어머니는 반가운 마음에 넘어질 뻔하면서 급하게 달려 나왔습니다.

"아이고, 이게 누군가! 어디 갔다 이제 왔는가. 하늘에서 떨어졌는가, 땅에서 솟아났는가? 바람결에 날려 왔는가? 구름에 싸여 왔는가? 과거 급제하고 이제 나타났는가? 들어가세, 어서 들어가세."

그러다가 방에 들어가 **촛불**을 켜고 살펴보니, 이 서방은 옷이며 얼굴이 귀신같고 허수아비 같았습니다. 누가 보아도 **가마** 타고 사또로 떵떵거리며 **부임**해 왔기는커녕 영락없는 거지꼴이었습니다. 그동안 과거에 떨어진 것은 물론이고 신세를 망쳐도 단단히 망친 것이 틀림없었습니다. 춘향 어머니는 기가 막혀 땅을 치고 자기 가슴을 치며 울었습니다.

"아이고, 이게 웬일이냐. **열녀** 춘향이 신세 이제 딱하게 되었네. 나날이 기다리고 바랐더니만 공든 탑이 무너지고 심은 나무 부러졌네. 어사 벼슬하라

고 빌었더니 이 꼴이 웬 말인가. 내 신세야, 내 신세야!"

어사는 이 말을 듣고 천연덕스럽게 진짜 신세 망한 거지인 척 꾸몄습니다.

"우선 참으시고, 시장하니 밥 좀 주소."

춘향을 살릴 수도 없는 거지가 되어 온 주제에 배가 고프다고 하니, 춘향 어머니는 성질이 머리끝까지 솟구치지 않을 수가 없었습니다.

"네 이놈, 너 때문에 사람 몇이 죽게 생겼는데 여기 와서 밥을 찾느냐? 염치없는 녀석. 얼른 꺼져라!"

춘향 어머니는 이제 모두 틀린 일이 되어 버리고 춘향이 죽을 날만 기다리게 되었다고 생각하며 시름했습니다. 이때 향단이가 어사에게 매달려 슬피 울었습니다.

"서방님, 제발 우리 아씨 살려 주시오."

어사는 슬픈 마음을 꾹 참으며 태연하게 대답했다.

"애 향단아, 울지 마라. 하늘이 계신데 너의 착한 아씨가 설마 죽기야 하겠느냐?"

춘향 어머니는 이렇게 태평스러운 어사의 태도를 보다가 소리쳤습니다.

"아이고, 속 좋은 체하네. 울화가 나서 죽고 말겠다. 무슨 염치로 내 집에 와 시장하다고 밥 달라느냐? 어서 썩 나가라. 향단아, 그 사람 이 집에 두지 마라. 쫓아내지 못하겠니!"

그러나 아가씨의 서방이 신세를 망친 것을 보고 안타까워진 향단이는, 주인인 월매를 말리느라 진땀을 뺐습니다.

"그러지 마세요. 우리 아씨가 누구 때문에 그러고 있는데요? 마님도 하나

뿐인 사위에게 그리 구시면 안 됩니다. 만일 아씨가 마님이 이러셨다는 사실을 아시면 혀 깨물고 죽을 터이니 그리 마세요.”

가뜩이나 **초췌해진** 살림인 데다가 이제는 반갑지도 않은 거지 사위였습니다. 옛날과 **상차림**이 같을 수가 없었습니다. 그래도 향단이가 먹던 밥, 김치, 풋고추에 간장과 냉수를 주섬주섬 떠 와서 어사 앞에 내주었습니다. 어사는 **체면** 차리지 않고 맛있게 먹었습니다. 그 모습을 보면서 춘향 어머니는 더욱 울화가 치밀었습니다.

어사가 밥을 먹은 뒤 밤이 깊어졌습니다. 어사는 춘향 어머니와 함께 춘향이 갇혀 있는 옥으로 갔습니다.

옥문 앞에서부터 춘향 어머니는 울며 달려갔습니다.

“아이고, 춘향아. 정신 차려라. 춘향이가 정신을 놓았나 보구나.”

이때 춘향은 무거운 칼에 머리를 베고 졸다가 잠이 들어 있었습니다. 어사도 급한 마음에 다가가기도 전에 크게 소리쳐 불렀습니다.

“춘향아. 애 춘향아.”

춘향은 이 목소리를 겨우 알아듣고 눈을 떴습니다. 꿈에도 그리던 서방의 목소리였습니다. 꿈인가 **생시**인가 오락가락하다가 이윽고 정신을 차린 춘향은 깜짝 놀라 말했습니다.

“아이고, 이게 웬 말이오. 꿈에 보던 님이 생시에 나타났네. 그런데 서방님 왜 이리 얼굴이 안되셨소?”

“미안하다. 그럴 일이 좀 있었다.”

춘향은 크게 **실망**했지만 그래도 죽기 전에 서방을 만나 본 것만으로도 기

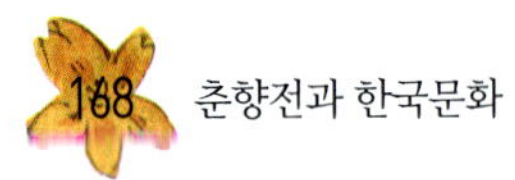

뺐습니다. 그래서 죽기 전의 유언처럼 말했습니다.

"서방님 오면 혹시나 날 살려 낼까 했는데 그럴 수도 없겠소. 이제 죽음만 기다릴 뿐이오. 내일 사또 생일잔치 끝에 나를 그 앞에 올려 죽인다 합니다. 나 죽거든 서방님 멀리 가시지 말고 우리 어머니 위로해 주시고, 백골을 곱게 싸서 묻어 주고 수절한 춘향의 묘라고 비에다 새겨 주시오."

어사도 눈물을 글썽거리며 옥문 사이로 춘향의 손을 굳게 잡았습니다. 모두가 함께 울었습니다.

"춘향아, 네가 죽을지 살지 가마를 탈지 내일 일을 어찌 알겠느냐? 서러운 마음 가라앉히고 부디 잘 있어라. 그리고 내 꼴이 이렇게 되었다고 행여나 네

스스로 목숨을 끊을 생각일랑은 마라. 내가 서울에서부터 네 이야기를 듣고, 너 살릴 부탁 편지를 관가에다 부치고 왔으니, 내일까지만 참으면 너는 틀림없이 살아나올 것이다. 그러니까 죽지 말고 살아서 나와 둘이 다시 만나서 가슴속에 맺힌 설움을 다 풀어 보자꾸나. 다시는 이별하지 않고 우리들 사이에 행복하게 자녀도 두어야지. 부디 마음 굳게 먹어라.”

그러나 춘향은 이미 모든 것을 포기한 상태였습니다. 그래도 어사가 그렇게 말해 주니 간신히 고개를 끄덕일 뿐이었습니다.

이렇게 눈물로 이별하고 어사는 춘향 어머니를 따라가 밤을 지냈습니다.

단어 | 單語 | words

관리(官吏)	관직에 있는 사람. a government official
명(命)	명령. an order
출두(出頭)	조사나 신문을 받기 위하여 법원이나 관청 등에 직접 나가는 것. attendance
꾸밈새	차린 겉모양. the way one decorates
초라하다	보잘것없고 변변하지 못하다. be shabby
담장(—牆)	담의 다른 말. 일정한 공간이나 건물의 둘레의 경계를 표시하든가 남이 마음대로 들어오지 못하도록 돌, 흙, 벽돌 따위로 쌓은 구조물. a wall.
자빠지다	쓰러지거나 눕다의 속된 표현. go over
마당	집의 앞뒤나 어떤 곳에 닦아 놓은 단단하고 평평한 땅. a yard
한심(寒心)	정도에 너무 지나치거나 모자라서 가엾고 딱하거나 기막히다. a pity
제단(祭壇)	제사나 기도를 위한 성물, 제물, 제기 따위를 올려놓는 단. an altar
정화수(井華水)	기도를 드리기 위해 첫새벽에 떠 올린 우물물. water drawn from the well at daybreak
쟁반(錚盤)	음식 그릇을 받쳐 드는 데 쓰는, 바닥이 넓적한 큰 그릇. a shallow round plate
받치다	어떤 물건의 밑이나 안에 다른 물건을 대다. put up

단어 | 單語 | words

굽어살피다	도와주기 위해서 아랫사람의 처지나 사정을 살펴보다. take a kindly interest in, pay attention to
관찰사(觀察使)	조선시대 벼슬의 이름으로 각 도의 지방장관. a provincial governor (during Chosun Dynasty)
기도(祈禱)	신이나 절대자에게 빎, 또는 그런 의식. a prayer
덕(德)	은혜, 덕택. a favor, indebtedness
욕(辱)	무엇을 잘못해서 듣게 되는 비난. shame
헛기침	사람이 있는 척하려고 일부러 하는 기침. clearing one's throat to attract another's attention
천연(天然)덕스럽다	조금도 숨기거나 속이는 것이 없는 것 같다. 아주 능청스럽다. be unmoved
서방(書房)	남편을 달리 이르는 말. one's husband
허름하다	좀 모자라거나 낡은 데가 있거나 값이 좀 싼 듯하다. be old
염치(廉恥)	부끄러움을 아는 마음. a sense of shame
동냥	거지 따위가 돌아다니며 구걸함, 또는 그렇게 얻은 것. begging
구걸	남에게 돈·먹을거리 등을 달라고 빎. begging
사위	딸의 남편. a son-in-law
지옥(地獄)	큰 죄인으로서, 그 죄의 사함을 받지 못하고 영원히 벌을 받는다는 곳. a hell

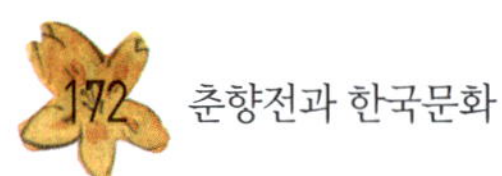

단어 | 單語 | words

촛불	초에 켠 불. candlelight
가마	옛날에 사람을 태우고 앞과 뒤에서 둘 또는 넷이 들고 다니는 도구. a sedan chair
열녀(烈女)	옛날에 절개를 굳게 지키어 다시 결혼하지 않은 여자. a virtuous woman
울화(鬱火)	마음이 답답할 만큼 화가 나는 것. pent-up anger
진땀	몹시 힘들때 흐르는 끈끈한 땀. sticky sweat
초췌(憔悴)하다	고생이나 병으로 몹시 피로하고 얼굴색이 좋지 못하다. be haggard
상차림	음식상을 차리는 일, 또는 그 상. make serving
체면(體面)	남을 대하기에 떳떳한 도리나 입장. honor
생시(生時)	자지 아니하고 깨어 있을 때. one's waking hours
실망(失望)	바라는 대로 되지 않아 낙심하는 것. disappointment
유언(遺言)	죽음에 이르러 남기는 말. a testament
백골(白骨)	죽은 사람이나 짐승의 살이 썩은 뒤에 남은 흰 뼈. a skelet on
묘(墓)	무덤. a grave
비(碑)	묘나 유적 따위를 기념하기 위해 돌이나 쇠붙이 등에 글을 새기어 세워 놓은 물건. a tombstone, a monument
새기다	글씨 · 그림 또는 어떤 형상을 나무 · 돌 등에 파다. inscribe
관가(官家)	벼슬아치들이 나랏일을 보던 집, 또는 시골 사람들이 그 고을 수령을 일컫는 말. public building, local government office

방자와 향단

생일 잔치

방자는 이 책 속에서, 이 도령의 곁을 그림자처럼 따라다니며 춘향과의 사이에 심부름을 하고 때로는 충고도 하는 우스꽝스러운 인물입니다. 방자 하면 《춘향전》 속의 방자가 가장 유명하기 때문에, 방자가 이 도령의 하인의 이름이라고 생각하는 사람도 많습니다.

그러나 방자는 사람 이름이 아닙니다. 옛날 고을 사또의 심부름을 하던 남자 하인을 가리키는 일반적인 명칭이었습니다. 그리고 지방의 관청에서 부리던 이 남자 종은, 사또를 찾아온 손님을 안내하는 일이나 여러 가지 중요한 물건을 전달하는 역할도 했습니다.

어쨌거나 방자는 하인이기 때문에 신분이 낮았습니다. 이 신분 제도에 대해서는 〈한국문화 알아보기 3〉 '양반' 에 자세히 설명되어 있습니다.

중요한 것은 방자가 신분이 낮은 하인임에도 불구하고, 한국의 고전 소설이나 연극 속에서는 중요한 위치를 차지하는 인물이었다는 점입니다.

한국 고전 속의 방자는 신분에 비해 매우 당당하며 때로는 자기가 잘난 줄 아는 인물로 나타나기도 합니다. 그래서 《춘향전》 속에서는 이 도령의 말에 딴청을 피우거나 이 도령을 놀려 먹기도 합니다. 다른 작품 속에서는 귀한 신분인 양반에게 속임수를 써서 벌벌 떨게 만드는 재치를 부리기도 합니다. 그리고 때로는 양반을 돕는 역할로 나타납니다.

이렇게 여러 가지 얼굴을 가진 방자의 특징은, 양반 계급의 이중적인 성격이나 허위의식을 폭로하고 양반의 격을 떨어뜨리며 양반을 웃음거리로 만든다는 데 있습니다. 즉 방자는 힘 없는 백성의 목소리를 대신 크게 내어 주는 인물로서, 백성의 공감을 얻습니다.

《춘향전》 속의 방자는 여러 모습으로 등장합니다. 왜냐하면 《춘향전》은 작가를 알 수 없는 작품으로 입에서 입으로 전해져 내려오다가 기록되었기 때문에 기본적인 줄거리는 비슷하지만 세부적인 내용이 다른 여러 종류의 《춘향전》이 존재합니다. 따라서 각각의 《춘향전》 버전(Version)안에서 방자의 역할은 단순히 이몽룡과 춘향 사이를 연결하는 역할을 하거나, 이 도령을 돕는 희극적인 역할에서 머무는 경우도 있고, 적극적으로 이몽룡을 놀리거나 희극적인 성격을 보여 주는 경우도 있습니다.

방자가 관가에 속한 남자 하인을 가리키는 신분의 이름인 데 비해, 향단은 사람 이름입니다. 하지만 향단의 역할은 방자와 비슷합니다.

향단이는 춘향이의 몸종입니다. 즉 춘향이 옆에서 여러 가지 잔심부름을 하고 춘향과 월매가 사는 집에서 함께 지내며, 집안 살림이나 허드렛일을 하는 사람입니다. 향단이는 《춘향전》에서 춘향의 편에 서서 춘향의 어려운 일을 도와줍니다. 또한 거지 차림으로 모습을 감추고 어사가 되어 내려온 이몽룡이 월매에게 구박당할 때, 옆에서 하나하나 자상히 챙겨 주는 따뜻한 마음씨를 가진 인물이기도 합니다.

《춘향전》 속의 향단의 역할도 방자와 마찬가지로 여러 종류의 《춘향전》에 따라 다르게 나타납니다. 어떤 《춘향전》에서는 향단이가 등장하지 않는 경우도 있고, 어느 경우에는 향단이의 역할이 매우 강조되어 나중에 춘향이와 함께 이도령을 따라 서울로 올라가 행복하게 살았다는 이야기가 담겨 있는 경우도 있습니다.

방자와 향단은 조선시대 하인들의 전형적인 모습입니다. 《춘향전》의 방자와 향단의 모습을 살펴보면, 조선시대 하인들의 생활상을 조금이나마 엿볼 수 있습니다.

Bangja and Hyangdan

Bangja is a character from 《Chunhyangjeon》, a comical figure who serves and always follow Yi. Sometimes Bangja sends messages to Chunhyang for Yi, or tries to act as an advisor to him. Actually, *bangja* is not a person's name. It was a term used to call any male servant who ran errands for town's ruler in the past. This male servant working for the local government office, used to be the person who showed the guests in or who delivered various valuables. *Bangja* shown in Korean classical novels, is very bold compared to his social status and at times depicted as an arrogant character. So in 《Chunhyangjeon》, Bangja pretends he cannot hear what Yi is saying, or makes fund of Yi. In other literature, another *bangja* uses his wits and deceive a *yangban*, someone of noble class, making him scared. There are also cases where *bangja* helps *yangban*.

Such diverse character of *bangja* is intended to expose the duplicity of the *yangban* class, degrade and make fun of them. In other words, *bangja* is someone who speaks out for the powerless common people, winning their sympathy.

On the other hand, Hyangdan is a personal servant to Chunhyang. She runs errands for Chunhyang, and lives together in the house doing housework and other miscellaneous chores. In 《Chunhyangjeon》, Hyangdan stands by Chunhyang and helps her when she's in trouble. When Yi comes back to town as secret investigator, he disguises himself as a beggar and although Wolmae, Chunhyang's mother, treats him coldly Hyangdan is kindhearted enough to take care of Yi warmly.

제 **9** 장

사또의 생일잔치가 열리다

이튿날 사또의 생일잔치가 으리으리하게 벌어졌습니다.

"어험, 어험."

그 생일잔치에 어사도 한몫 끼려는 듯이 문을 열고 들어서려 하였습니다. 어사의 허름한 차림새를 보고 양옆으로 군졸들이 달려들어 막았습니다.

"웬 놈이냐? 귀하신 어른의 생일잔치에 너 같은 거지가 나타나다니."

"어서 썩 꺼지지 못할까?"

그러나 어사는 조금도 주눅이 들지 않고 거드름을 피우며 군졸들의 손을 뿌리쳤습니다.

"어허, 이러지들 마시게나. 나도 비록 옷 꼴하며 신세는 이렇게 되었지만 엄연히 양반인데, 이렇게 괄시하기요?"

그래도 군졸들이 잡아당기는 바람에 그나마 어사의 헌 갓과 옷이 뜯어지기까지 했습니다. 그럴수록 어사는 크게 소란을 피우며 기세가 등등했습니다.

"양반을 이렇게 대접하다니 나중 일이 두렵지 않은가?"

이렇게 호령을 하자 기껏 마련한 잔치의 분위기가 흐려질 것 같았습니다. 그래서 조용하게 문제를 해결하려고 관리가 사또에게 귀띔했습니다.

"저자가 행색은 저래도 보아하니 행동거지가 양반인 듯합니다. 공연히 몰아내어 나중에 소란을 피우고 탈이 나느니, 그저 가장 끝자리에 앉혀 놓고 술상이나 좀 봐 주지요."

그 말을 듣고 사또는 **탐탁**지 않은 얼굴로 고개를 끄덕였습니다.

그리하여 어사 앞에도 음식상이 나왔습니다. 그러나 모양은 형편없었습니다. 작은 상은 낡아 떨어졌고, 뜯어 먹던 **뼈다귀**에 생선 머리 토막, 콩나물 한 사발에 멸치 한 사발, **텁텁한** 막걸리가 나왔습니다.

어사는 이 상을 보고 더욱 크게 호령했습니다.

"저 상 보고 내 상 보니 이 상은 상이 아니구나. 저 갈비 한 대 주오."

참으로 **골치** 아픈 손님이었습니다. 관리는 사또의 생일잔치를 시끄럽게 만드는 것이 싫어서 어사가 달라는 대로 갖다 주었습니다.

또 이 **비루한** 손님이 기생을 불러 달라는 대로 한 명 데려다가 옆에 앉혀도 주었습니다.

"애야, 저 양반한테 **권주가** 한 곡 불러 드려라."

어사의 옆자리는 기생도 앉기 싫었습니다. 한눈에 보아도 양반은커녕 거지였기 때문입니다. 그러니 관리의 명인데 어길 수가 없어서 별수 없이 어사 앞에 앉았습니다. 기생은 술병을 들고는 **퉁명스럽게** 권주가를 불렀습니다.

똥 싼 주제에 기생 타령 한다더니 기막히다.

간밤에 꿈을 꾸니 **쪽박을 차고**

벼락을 맞아 보이더니 **아니꼬운 꼴** 많이 보겠구나.

어사는 이 노래를 듣고 천연덕스럽게 대꾸했습니다.

"오냐, 꿈을 잘 꾸었다. 내일 내가 벼락 맞을 꿈이로다."

기생은 어사의 **볼썽사나운** 차림을 보지 않고 몸에서 나는 **역한** 냄새도 맡지 않으려고 **고개**를 한껏 옆으로 돌린 채 술잔을 바쳤습니다.

잡수시오, 잡수시오. 이 술 한잔 잡수시면
천만 년이나 **빌어먹사오리다**.

이 노래를 듣고 어사는 크게 화를 냈습니다.

"그거 고약한 소리로다. 나한테 계속 빌어먹으라는 말이냐?"

어사는 그러면서 일부러 소동을 피우기 시작했습니다. 그래서 여러 사람들의 상에다가 술을 뿌리고 엎지르고 하다가 술이 사또의 얼굴에까지 튀었습니다.

이렇게 자리가 **엉망**이 되자 사또는 얼른 이자를 쫓아내야겠다는 생각이 들었습니다. 그러나 그리 만만한 상대가 아닌 것 같았습니다. 어떻게 해야 보기 좋게 쫓아낼 수 있을까? 크게 망신을 주어 쫓아 보내는 게 제일 좋을 것 같았습니다. 사또는 은근히 말을 걸었습니다.

"여보시오. 거 글공부 많이 하신 양반 같소이다. 우리 시 한 수씩 지어 부름이 어떠하오? 만일 시를 못 지으면 곤장 때려 내쫓기로 합시다."

"그거 좋은 말이오."

그리하여 사또가 **운**을 내어 주었습니다. 어사는 종이를 펴고 붓에 먹물을 적셔 눈 깜짝할 사이에 시 한 수를 적어 관리에게 내밀었습니다.

"너희 사또 갖다 드려라."

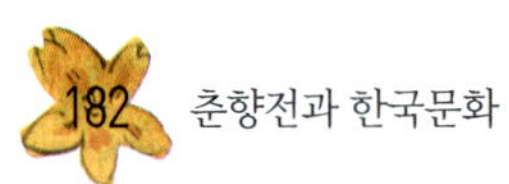

그리고 어사는 몸을 일으켰습니다.

"덕분에 잘 얻어먹고 갑니다."

사또는 어사가 제 발로 일어나서 사라지는 것을 보고, 시에 자신이 없어서 꼬리를 내리고 도망간다고 생각해서 기분 좋게 웃었습니다.

어사가 자리를 떠난 뒤 사람들이 그 글을 펼쳐 보았습니다. 글의 내용은 이와 같았습니다.

금동이에 담긴 맛있는 술은 많은 사람들의 피요,

옥그릇에 담긴 맛있는 고기는 많은 사람의 기름이로다.

촛물이 떨어질 때 백성들의 눈물도 떨어지고,

노랫소리 높은 곳에 원망하는 소리 또한 높도다.

이 글은 사또가 백성들의 피와 기름을 짜내어 자기 배를 불리고 있다는 것을 풍자하는 시였습니다. 이 글을 읽고 모든 관리들이 너 나 할 것 없이 **낌새**를 **눈치** 챘습니다. 앞으로 무슨 일이 벌어질지 눈앞에 훤히 그려지는 듯했습니다. 그래서 관리들은 재빨리 도망칠 준비를 차렸습니다.

그러나 미처 몸을 숨기기도 전에 들려오는 목소리가 있었습니다.

"암행어사 **출두**야!"

이렇게 한번 크게 소리치니 **강산**이 무너지고, 두 번을 소리치니 **우주**가 뒤바뀌는 듯했습니다. 세 번을 소리치니 사방에 저절로 **불꽃**이 휘날리는 듯했습니다.

천둥 같은 이 소리에 산과 물과 풀과 나무가 벌렁벌렁 떨었습니다. 원님은 똥을 싸고 이방은 기절하고 관리들은 오줌을 싸고 잔치 자리는 아수라장이 되어 모두가 꽁무니를 뺐습니다. 그러나 사또는 겁이나 말 등에 거꾸로 올라타는 바람에 미처 도망가지 못했습니다. 역졸들은 도망치는 관리들을 붙잡아다 꿇어앉혔습니다

이윽고 어사는 차림새를 깨끗하게 하고 위풍당당하게 나타났습니다.

어사는 먼저 남원 변 사또를 잡아다가 문책한 뒤 해임 명령을 내렸습니다. 그런 뒤 사또를 비롯해서 사또를 도와 백성들을 괴롭힌 아래 관리들에게도 여러 가지 벌줄 내용을 읊었습니다.

이렇게 여러 가지 정리를 하고 관리들에게 물었습니다.

"옥에 죄인이 몇 명이나 되더냐?"

"백팔십두 명입니다."

"나라에 중대한 범죄를 저지른 자들은 내일 다스릴 것이니, 이 고을 죄인이라는 춘향을 데려오너라."

단어 | 單語 | words

으리으리하다	규모가 어마어마하고 굉장하다. magnificent
한몫	한 사람 앞에 돌아가는 분량이나 역할. a share
거드름	거만한 태도. a haughty attitude
괄시(恝視)	업신여김. cold treatment
기세(氣勢)	남에게 영향을 줄 만한 기운이나 세력. spirits
호령(號令)	지휘하여 명령하다, 또는 큰 소리로 꾸짖다. a command, a yell
마련하다	준비하여 갖추다. preparation
귀띔	눈치로 알아차릴 만큼 요점만 알려 줌. a tip
행색(行色)	겉으로 드러나는 차림이나 태도. one's appearance
행동(行動)거지	몸을 움직여 하는 모든 짓. manners
소란(騷亂)	어수선하고 시끄러움. a disturbance
탐탁하다	모양이나 태도가 매우 마음에 들다. nice
뼈다귀	뼈의 속된 표현. a bone
텁텁하다	입맛 · 음식 맛이 시원하거나 깨끗하지 못하다. be thick and tasteless
골치	머릿속의 속된말. a headache
비루(鄙陋)하다	행동이나 마음 씀씀이가 더럽다. be mean
권주가(勸酒歌)	술을 권하며 부르는 노래. a song to offer wine
퉁명스럽다	못마땅하거나 마음에 들지 아니하여 불쑥 하는 말이나 태도가 친절하지 못한 기색이 있다. be blunt, be curt

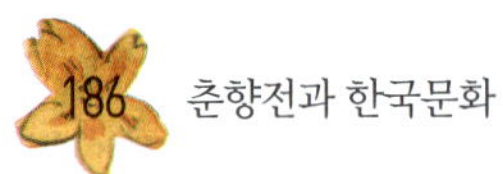

단어 | 單語 | words

쪽박을 차다	거지가 되다. be reduced to beggary
벼락	공중에 있는 전기와 지상에 있는 물건과의 사이에 방전하는 현상. a thunderbolt
아니꼽다	말이나 행동이 마음에 몹시 거슬리다. be disagreeable
꼴	형편이나 처지를 낮잡아 이르는 말. be out of shape
볼썽사납다	남 보기에 매우 좋지 못하다. be indecent
역하다	무엇이 메스껍다. be repulsive
고개	머리, 혹은 목의 뒷등. the nape, the head
빌어먹다	남에게 구걸하여 거저 얻어먹다. beg one's bread
엉망	일이나 물건이 손댈 수 없을 만큼 어수선한 상태. a mess, a wreck
운(韻)	시의 행의 마지막 소리들이 서로 같거나 비슷하게 나도록 꾸민 것. a rime
낌새	일이 되어가는 형편. delicate signs
눈치	남의 마음의 기미를 알아챌 수 있는 재주. sense
강산(江山)	강과 산, 나라의 영토. rivers and mountains, one's native land
우주(宇宙)	온 세계를 둘러싸고 있는 공간. the universe, the cosmos
불꽃	불에 타는 물질에서 생긴, 뜨겁고 빨간 기체. a flame
겁나다	무서워하거나 두려워하는 마음이 생기다. be afraid of
꿇어앉히다	다른 사람을 무릎을 굽혀 앉게 하다. fallen on one's knees

차림새	옷이나 몸치장으로 꾸미고 갖추어서 차린 모양. one's manner of dressing
문책(問責)	잘못을 캐묻고 꾸짖음. be reprimanded
해임(解任)	임무, 직책 등을 그만두게 하는 것. release from office

어사

어사출두

　어사는 한국의 옛날, 조선시대에 특별한 임무를 수행하기 위해 중앙 정부에서 지방에 파견을 보낸 신하입니다.

　중앙 정부에서 각 지방의 관리들이 각자 맡은 지방을 잘 다스리고 있는지, 백성들은 안심하고 생활하는지 감시를 하거나 그 밖의 다른 일들을 처리하기 위해 보내는 관리입니다.

　이와 같은 일을 하는 관리는 아주 오랜 옛날 삼국시대부터 있었다고 전해지지만, '어사' 라는 이름으로 나타나는 것은 그 후의 고려시대부터입니다.

　하는 일은 여러 가지였지만 한국의 백성들에게는 주로 '욕심 많은 관리를 혼내 주는 특별한 관리' 라는 뜻으로 많이 받아들여집니다. 그래서 많은 옛이야기 속에서 어사는 부패하고 나랏일을 돌보지 않으며 백성들을 괴롭히는 관리를 처벌하는 통쾌한 역할을 하는 것으로 나타납니다.

　암행어사 제도는 조선 시대의 독특한 제도였다고 할 수 있습니다. 암행이란 아무도 모르게 다니며 돌아본다는 뜻입니다. 따라서 암행어사는 처음부터 비단옷을 입고 말을 타며 각 지방에 나타나는 것이 아니라, 일부러 평범한 사람처럼 꾸미고 다닙니다. 때로는 이 책 속의 이 도령처럼 완전히 거지처럼 꾸미고 다녀서, 그 지방 사람들에게 무시를 당하기도 합니다.

이렇게 낡은 옷을 입고 초라해 보여야 비밀리에 감시하는 임무를 제대로 수행할 수 있습니다. 만일 으리으리한 가마를 타고 나타난다면, 그 지방의 관리는 미리 어사를 맞이할 준비를 하고 부패와 관련된 장부나 재물들을 안 보이게 숨겨 둘 것이기 때문입니다.

따라서 어사의 역할은 무엇보다도 예고 없이 갑자기 나타나, 지방 관리가 겉보기만 그럴듯한 게 아니라 평소에도 백성을 잘 다스리는지를 알아보는 데에 있습니다. 그래서 조선 시대 후기로 접어들수록 어사 하면 으레 암행어사를 가리키는 말처럼 되었습니다.

암행어사는 보통 젊은 신하 가운데에서 뽑았는데, 왕이 직접 임명하거나 왕의 명령을 받고 후보자를 골라 추천하면 그중에서 뽑아 임명했습니다. 암행어사의 핵심은 무엇보다도 '비밀 유지'에 있기 때문에, 왕이 직접 불러서 목적지와 임무를 알려 주곤 했습니다.

이렇게 임명된 어사는 그날 바로 출발하는 것이 원칙이었습니다. 명령을 적어 놓은 문서는 동대문 밖에 멀리 나가서야 열어 보곤 했으며, 어사는 이 문서를 개봉하여 임무를 확인한 뒤 목적지로 출발했습니다.

어사가 갖고 다니는 마패는 역마다 일정한 곳에서 말을 빌려 이용할 수 있다는 표시였습니다. 그런데 신분을 감추고 활동하는 암행어사는 굳이 말을 탈 필요가 없었기 때문에, 마패는 어사의 신분증과 같은 것이 되었습니다.

처음에 암행어사는 직접 명령을 받은 고장만 감시를 했으며, 지나가다가 발견한 다른 지방의 불법적인 일들은 고발할 수 없었습니다. 그리고 맡은 임무도 관리의 불법 행위를 단속하는 전통적인 일이 주된 것이었습니다.

그러나 이후에는 각 지방에 재주가 뛰어난 백성이나 효행심이 뛰어난 사람, 풍속을 어지럽히는 사람 등을 보고하는 일도 했습니다. 이렇게 보고가 된 사람들은 그 정도에 따라 상벌이 주어졌습니다.

어사의 임무 수행 방식은 '출두'와 '복명'으로 나뉩니다. 출두는 어사가 직접 관가에 들이닥치는 것으로, 어사 밑의 일꾼인 역졸들이 마패로 문을 두드리며 '어사 출두'를 외쳤다고 합니다. 복명은 어사가 지방을 살펴본 뒤 돌아와 결과 보고서를 임금에게 바치는 것입니다.

Eosa

Eosa, or *amhaengeosa*, was a central government official sent to local regions to carry out special tasks during Joseon dynasty. He was sent by the central government to check whether local officials are doing their job right, whether the people are having a safe and good life, and also take care of other things.

A *eosa*'s job varies but to the Korean people, *eosa* is usually a special official who takes care of greedy officials. So in many traditional tales, *eosa* takes a thrilling role of punishing corrupted officials who are cruel to the people.

It can be said that the *amhaengeosa* system was a unique Joseon system. *Amhaeng* means attending to something without anyone knowing. So when a *amhaengeosa* turn up at local areas, he dresses as any normal people on purpose, instead of riding on a horse and wearing silk clothing. *Amhaengeosa* were specially selected among younger subjects, either by a

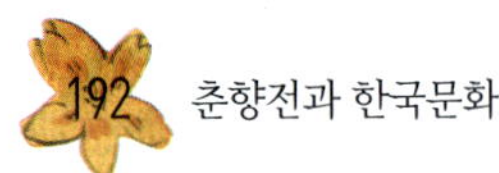

direct appointment from the king, or by selecting one from suggested candidates. The most important part of a *amhaengeosa* is to keep the secret, so the king usually called on him directly to give orders on the task and destination.

At the beginning, *amhaengeosa* only observed locations he was directly ordered to observe, and could not prosecute any illegal crimes detected in other areas on the way. Also, the task was mainly a tradition one of overseeing any illegal acts of officials. But later on in history, *amhaengeosa* reported on people with special skills, or who are exceptionally good to their parents, and who behaved badly. Those who were reported were prized or punished accordingly.

제 **10** 장

영원한 행복의 약속

포졸이 이 명령을 듣고 옥으로 내려가 잠긴 옥문을 열어 주며 춘향을 불렀습니다.

"춘향아, 나오너라. 어사가 출두해서 너를 올리라 했으니 어서 나와라."

이 말을 듣고 춘향은 이제 죄인들을 하나씩 잡아다 경을 치는가 보다고 잘못 생각했습니다. 그래서 기가 막혀 포졸에게 물었습니다.

"여보시오. 혹시 문밖에 거지가 지나가지는 않았소?"

"거지 같은 건 없었네."

죽기 전에 다시 한 번 만나 보고 싶었건만 이제는 다 틀린 모양이었습니다. 춘향은 눈물이 샘솟듯 했습니다.

"어쩌면 좋을꼬. 너무나 굶주려서 **문전걸식** 가 계시는가. 춘향이가 죽고 나면 이 서방은 어떻게 하나. 아이고 내 신세야!"

그래도 포졸에게 이끌려 나가는 수밖에 없었습니다.

드디어 어사가 앉은 자리에 춘향이가 나타났습니다.

"춘향이 대령했나이다."

"칼을 풀어 주어라!"

"칼을 풀었나이다."

"**오라**를 풀어라!"

"춘향, 오라를 풀었나이다."

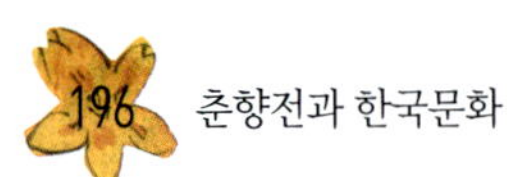

어사또는 춘향을 보자마자 반가운 마음에 급히 달려가 인사를 나누고 싶었습니다. 그래도 우선은 춘향의 굳은 뜻을 다시 한 번 확인해 보고 싶은 마음에 일부러 다른 사람을 시켜 물었습니다. 사령은 어사또의 말을 듣고 춘향에게 다가가 전했습니다.

"오늘부터 어사님이 분부를 내리시어, 너를 수청 들이라고 하시니 그대로 **거행하라**!"

어쩌자고 오는 사또마다 모두 수청을 들라고 하는 것인지 춘향은 기가 막힐 따름이었습니다.

"저는 옛날 사또 자제 도련님과 **백년가약**을 맺었기 때문에 분부를 거행할 수 없습니다."

그리하여 어사가 다시 사령을 시켜 물었습니다.

"너는 고작 기생인 주제에 사또의 명을 거역해서 옥에 갇혔다지? 명령에 불복한 그 죄는 죽어 마땅하나, 내 수청조차 거절하고 살기를 바라겠느냐? 어서 바삐 거행하라!"

그러자 춘향은 이제 **만사**가 다 귀찮다는 듯 대답했습니다.

"**효자 충신** 열녀에 **상하**가 있습니까? **절벽**에 굳은 바위 눈비가 온들 썩겠습니까. 높은 **산봉우리**가 바람 분다고 쓰러집니까. 송죽같이 굳은 **지조** 다시 변하지 않습니다. 이제 살기도 싫고 매 맞기도 싫으니 사또가 명을 내려 주시어 제 몸 하나 죽여 주오. **송장** 치울 **임자** 밖에 있나이다. 제발 덕분 죽여 주오."

이제 춘향의 굳은 마음을 다시 한 번 확인한 어사는 마음이 **흡족했습니다**

어사는 크게 웃고는, 고이고이 싸 두었던 옥가락지를 비단 주머니 속에 넣어 춘향 앞에 떨어뜨렸습니다.

"자, 이것이 네 것인가 받아 보고 고개를 들어 나를 보라."

이제 죽을 일밖에 관심이 없는 춘향은 시큰둥하게 받아 비단 주머니를 열어 보았습니다. 그런데 그것은 분명히 자기가 옛날에 끼다가 한양 가는 이 도령에게 준 옥가락지였습니다.

"아이고, 이게 웬일인고!"

춘향은 고개를 들어 위를 바라보았습니다. 어제 저녁에 찾아왔던 거지 낭군이 어사가 되어 앉아 있었습니다.

춘향이 아무 말도 못하고 우두커니 앉아 있자, 여러 기생들이 몰려들어 춘향을 데려다가 어사가 앉아 있는 높은 데까지 올려놓았습니다. 그러자 춘향이 꿈에도 그리던 낭군의 모습임을 확인할 수 있었습니다.

춘향은 기쁨에 겨워 울고 말을 채 잇지 못했습니다. 그러자 어사가 고운 손을 잡고 한없이 위로하며 춘향을 달랬습니다.

"너의 마음을 알아보고 싶어서 바로 말하지 못했다. 나를 용서해라. 그동안 고생 많았다."

춘향은 고개를 저었습니다.

"천만의 말씀이십니다. 소녀의 죽을 목숨을 구해 주셔서 감사할 따름입니다."

그런데 문득 춘향은 이 기쁨을 함께 나눌 어머니가 자리에 없다는 사실을 깨달았습니다.

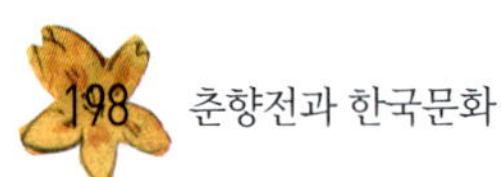

“우리 어머니는 어딜 가셔서 나 이러는 줄 모르실까. 이럴 때 계셨으면 **모녀**가 기뻐하면서 **덩실덩실** 춤이라도 출 것을.”

이때 물론 춘향 어머니는 문밖에서 춘향이가 매를 맞는지 상을 받는지 엿보다가, 춘향이 앞에 어사또가 나타난 것을 보고 크게 기뻐하던 참이었습니다.

그러나 지난밤에 하도 사위한테 **구박**을 해 댔기 때문에 선뜻 나서지 못하고 있었습니다. 그러다가 춘향이가 어머니를 찾는 소리에 이때다 싶어 **거드름**을 피우며 사람들을 밀치고 그 안으로 들어갔습니다.

“자, 비켜요 비켜. 어사 장모 들어가신다. 열녀 춘향이 낳은 배 다칠라. 비켜서라. 우리 어사 사위, 내가 어사 된 줄은 알았으나 **천기누설**을 할까 보아 감추느라고 **인정머리** 없이 굴었는데, **노여워**하면 어쩌나? 노여워하지 마소. 나 아니면 춘향이 낳아 이런 즐거움이 또 있을 줄 아시오? 여보게 남원 사람들, 아들 낳기에 힘쓰지 말고 춘향 같은 딸을 낳아 나 같은 기쁨을 누려 보시오. 옳지, 저기 사또 놈 있구나. 저놈이 내 딸 춘향을 매질할 적에 **정강이**를 부러뜨렸으니 이번엔 내가 혼내 주마. 어디 한 번 견디어 보아라. 술 한 잔을 먹었더니 궁둥이춤이 절로 나고 주먹춤이 절로 나네!”

이렇게 춘향 어머니를 비롯하여 모든 남원 사람들이 크게 기뻐하며 그날을 즐겼습니다.

운봉옥에 어쩔 수 없이 갇혀 있던 방자도 몰래 도망나와 어사출두를 축하했습니다.

어사는 변 사또의 **관직**을 빼앗고 **엄벌**에 처한 뒤, 여러 가지 남은 일들을 처리하고는 춘향 모녀를 데리고 한양으로 올라갔습니다. 이날 고을의 다른

기생들은 십 리 밖까지 나와 춘향을 붙들고 정을 나누며 이별하였습니다.

　어사는 한양으로 올라간 뒤 조정에 이 사실을 알렸습니다. 임금님은 크게 기뻐하고 칭찬하여, 어사에게는 높은 벼슬을 내리고 춘향을 위해서는 **열녀문**을 세운 뒤 높은 부인의 **칭호**를 내렸습니다.

　그 뒤에도 이들의 행복한 삶은 많은 이들의 칭찬과 존경을 길이길이 받았다고 합니다.

단어 | 單語 | words

문전걸식(門前乞食)	여러 집으로 돌아다니며 빌어먹는 것. go out begging
오라	도둑이나 죄인을 묶던 붉고 굵은 줄. a rope for binding a criminal
거행(擧行)하다	명령대로 행하다. acting in accordance with an order
백년가약(百年佳約)	젊은 남녀가 부부가 되어 평생을 같이 지낼 것을 굳게 다짐 하는 아름다운 언약. a marriage bond
만사(萬事)	모든 일. everything
상하(上下)	윗사람과 아랫사람. the upper and lower classes
절벽(絶壁)	바위가 곧 바로 솟아 있는 곳. 낭떠러지. an inaccessible precipice
산봉우리	산에서 뾰족하게 높이 솟은 부분. a mountain peak
지조(志操)	원칙과 신념을 꿋꿋이 지키려는 의지. principle
송장	사람의 죽은 몸뚱이. a corpse
임자	물건을 차지하거나 가지기에 알맞은 사람. the owner
가락지	손가락에 치장으로 함께 끼는 두 개의 고리. a set of twin rings
흡족(洽足)하다	모자람이 없이 만족스러울 만큼 아주 넉넉하다. be sufficient
고이고이	매우 곱게. beautifully, peacefully
낭군(郎君)	아내가 정답게 이르는 말로 남편, 혹은 예전에 젊은 아내가 남편을 이르는 말. my dear husband
우두커니	정신없이 멀거니 있는 모양. blankly

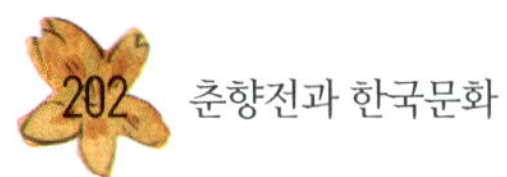

단어 | 單語 | words

겹다	감정이 거세게 일어나 참기 힘들다. be more than one can manage
잇다	앞뒤가 끊어지지 않게 하다. join
젓다	싫거나 거절하는 뜻으로 손이나 머리를 흔들어 나타내다. shake one's head
모녀(母女)	어머니와 딸. mother and daughter
덩실덩실	장단에 맞추어 팔, 다리, 어깨를 흥겹게 놀리며 춤을 추는 모양을 나타냄. dancing lively
구박(驅迫)	못 견디게 괴롭힘. harsh treatment
거드름	거만한 태도. a haughty attitude
천기누설(天機漏洩)	중대한 기밀이 새어 나감을 이르는 말. the propound secret
인정(人情)머리	사람 사이의 정을 속되게 이르는 말. human feelings, public feelings
노여워하다	마음에 분하고 섭섭해하다. get angry
정강이	무릎에서 발목 사이에 있는, 다리의 앞부분. the shin
관직(官職)	관리의 직무나 직위. a government office, a government post
엄벌(嚴罰)	엄하게 벌을 줌. a severe punishment
열녀문(烈女門)	옛날에 열녀를 칭찬하기 위해 세운, 문 모양의 기념물. an arch of virtuous woman (red gate)
칭호(稱號)	어떠한 뜻으로 일컫는 이름. a title

정절과 열녀

어사현신

열녀란 남편을 위하여 온갖 노력과 정성을 기울여 여자로서의 도리를 다하는 아내나 그와 같은 자격을 갖추고 있는 여성을 일컫는 말입니다.

조선시대 사회 규범에서 가장 중요한 위치를 차지하고 있었던 것은 유교 이념입니다. 유교는 사회질서를 매우 강조하고, 사람의 신분마다 자신의 역할에서 벗어나지 말고 충실할 것을 요구합니다. 유교의 중요 규범인 삼강오륜을 보면 먼저 삼강(三綱)은 임금과 신하 부모와 자식, 그리고 부부간에 지켜야 할 도리가 있음을 강조하고 있으며, 오륜(五倫)은 이와 비슷하게 임금과 신하, 부모와 자식, 부부, 그리고 나이의 많고 적음에 따른 도리, 친구 사이의 믿음을 강조하고 있습니다.

이중에서 유교 이념이 특히 중요시한 것은 효(孝)와 열(烈)입니다. 효란 자식된 도리를 가지고 어버이를 잘 섬겨야 한다는 것으로 인간의 가장 기본적인 도리로 파악하고 있으며, 열(烈)은 부부 사이에 있어서의 여자의 도리를 말하는 것으로 한 사람의 남편에게만 믿음을 지킨다는 덕목으로 조선 후기에는 효만큼 중요한 것으로 강조되었습니다.

이렇게 조선시대에는 여성의 정절이나 순결이 법으로 정해지기까지 했습니다. 1486년(성종 16)에는 조선의 법전인《경국대전》에서 남편이 죽어서 홀로된 여성이라도 정절을 지키지 않고 재혼한 경우에는 그 자녀들이 벼슬에 오르지 못하도록 규정되었습니다.

여성이 두 번 결혼하는 것을 금지하는 것은 '충신은 두 임금을 섬기지 않고, 절개가 굳은 여자는 다시 시집가지 아니한다'(忠臣不事二君 貞女不更二夫)는 유교 윤리를 충실히 지키기 위함입니다.

《춘향전》에서도 춘향이가 변학도의 수청 요구를 거절하는 것은 물론 이몽룡에 대한 사랑을 지키기 위함이 가장 큰 이유이지만, 조선시대를 지배했던 유교 이념, 즉 열(烈)에 따라 두 남자를 사귈 수 없었기 때문입니다. 특히 변학도는 춘향이가 "어째서 한 여인에게 두 남편을 섬기라 하십니까? 사또께서는 나라의 관리로 일하고 계시면서, 나라가 기울어지면 두 임금을 모시려나 봅니다." 라는 말에 크게 화를 냅니다. 한 여자가 두 남자를 섬기는 것은 양반 관리가 나라를 배신하고 다른 나라를 섬기는 것과 같은 것이라는 춘향의 비유는 변학도를 나라를 배신하는 역적에 비유한 것이며, 양반 관리였던 변학도에게 이러한 비유는 매우 부끄러운 일이었기 때문입니다.

춘향이가 자신의 정절을 지켜 이몽룡과의 사랑을 얻어내고 행복한 가정을 꾸렸지만, 실제로 여성에게 강요되는 이러한 정절의 관념은 사실 조선시대 여성들의 삶에 많은 제약을 가져다주었습니다.

남성의 경우 아내가 죽으면, 1년 정도 아내의 죽음을 기리는 상복을 입고 나서는 다시 결혼할 수 있었지만, 양반 계층의 여성은 평생을 두고 죽은 남편을 위해 상복을 입고 홀로 살아야 했습니다. 사실상 한국에서 남편이 죽고 없는 여성을 일컫는 미망인(未亡人)이라는 말은 '남편을 따라 죽지 못한 여인'이라는 뜻으로 좋지 않은 의미를 담고 있습니다. 이렇게 여성들은 죽은 남편을 위해 혼자 사는 것이 매우 훌륭한 미덕으로 여겨졌으며, 따라서 양반 계층의 여성들은 남편이 죽게 되면 홀로 사는 것이 일반화되었습니다. 더군다나 나라에서는 이렇게 홀로 산 여성들을 '열녀' 라 칭송하고 그 집 앞에 붉은색 대문(홍살문)을 세워서 홀로 산 여인의 높은 정절을 칭송하기도 했습니다.

사실상 춘향이는 이러한 정절을 지킨 조선시대 열녀의 한 모습을 잘 보여주고 있습니다. 비록 춘향이가 변 사또에게 저항하여 사랑하는 사람을 얻고, 행복한 가정을 꾸리는 데 성공하지만, 실제로 사람들에게는 정절을 지킨 훌륭한 소설 속의 주인공으로 더 많이 기억되고 있는 것입니다.

Fidelity and yeollyeo

Confucianism was the most important isocial norm of the Joseon era. Confucianism heavily emphasized social order and its followers were to keep to one's own social class and be true to their roles. To women, yeollyeo is the role model confucianism suggests. *Yeollyeo* is a woman who did her best to do her duties as a wife.

In 《Chunhyangjeon》, Chunhyang refuses to attend on Byeon Hakdo not only because she loves Yi Mongryong, but according to the idea of fidelity forced upon women of late Joseon era, she could not see two men at the same time. Byeon Hakdo is furious when he hears Chunhyang saying "How can you ask a woman to serve two husbands? Sir, you are working for the government, and when this country goes down you must want to serve two kings." Chunhyang's metaphor of a woman serving two men is same as a yangban official betraying his own country and serving another embarrasses Byeon because it meant that Byeon is like a traitor.

Chunhyang keeps her fidelity and secures her love with Yi to live happily ever after, but in reality such concept forced on women limited Joseon women's life in many ways.

In case of man, when his wife dies after wearing mourning clothes for a year he could get married again, but women of *yangban* class had to wear mourning clothes for life for her dead husband and live alone. '*Mimangin*', Korean term for widow actually means 'woman who did not die after her husband'. In this way, it was highly thought of for women to live alone when widow, and it became common for women of *yangban* class to live alone after the death of a husband. The government praised such women as *yeollyeo* and put up red gates(*hongsalmun*) to applause woman's fidelity.